어제의 너는, 나만의 너였다

후지이시 나미야 장편소설
이나라 옮김

제우미디어

어제의 너는, 나만의 너였다

후지이시 나미야

이나라 옮김

JMbooks

목차

제1장

삼등분의 사랑

1

침묵이 태어났다. 불현듯 어지러이 퍼져나가는 이 침묵의 부모로서, 나는 어쩌면 좋을까.

히라누마 타이키는 자신에게 그렇게 질문했다. 그가 초조해하는 사이에 침묵은 무럭무럭 자라, 더는 손을 쓸 수 없게 될 것만 같았다.

활짝 핀 벚꽃길 아래, 희미한 밤바람이 벚꽃잎과 함께 푸른 내음을 흩트렸다. 무대조명과도 같은 어슴푸레한 가로등 빛이 샤쿠지이가와(石神井川) 강변을 비췄다.

그 한구석에 타이키가 우두커니 서 있었다.

카시이 사나는 곤란한 듯한 표정으로, 자신을 바라보는 타이키를 마주하고 있었다. 그녀가 그런 표정을 지은 건 다름 아닌 타이키 때문이었다. 바로 조금 전, 타이키는 그녀에게 이렇게 말했다.

"나하고만 사귀어 줬으면 해."

'나하고 사귀어 줘.'였다면 평범한 고백이었으리라. 그러나 '만'이라는 한 글자가 붙은 순간, 그 말은 이해하기 힘든 말이 되었다. 타이키는 살면서 자신이 이런 말을 꺼내는 날이 오리라고는 꿈에도 생각지 못했다.

알코올이 들어간 머리를 가볍게 젓고 나서, 타이키는 다시 한번 목소리를 냈다.

"나만을 선택해줬으면 해."

강한 바람이 나무를 흔들었다.

카시이가 미소를 지었다.

굳이 이 일의 발단이 된 날을 고르자면, 그건 이번 주 수요일이리라. 타이키가 다니는 분쿄구(文京区)의 대학은, 4월부터 9월까지 진행되는 1학기와, 10월부터 3월까지의 2학기로 구성된 시메스터제였다. 이번 주는 2학기의 마지막 수업 주간이다.

수요일 4교시는 '드라마로 보는 일본 사회'였다. 방영 중인 드라마 가운데 좋아하는 것을 골라 리포트를 쓰면 학점을 딸 수 있는, 나태한 학생들에게는 꿀과도 같은 수업. 그리고 그런 학생 이상으로 나태했던 담당 교수는 잦은

지각으로 유명했다.

그날도 교수는 제시간에 나타나지 않았고, 중형 규모의 계단식 강의실은 시끌벅적했다.

타이키는 평소처럼 강의실 오른편, 뒤에서 네 번째 줄에 앉아있었다. 하마노 히로키도 같은 수업을 들었지만, 하마노는 학점에 필요한 최저일수만 출석한 뒤부터 줄곧 수업을 땡땡이치고 있었다.

타이키는 휴대폰으로 인터넷 뉴스를 보는 척하며 강의실의 왼편, 중앙통로로부터 두 번째 줄을 바라봤다.

카시이가 항상 앉아있는 자리였다. 카시이는 언제나 같이 다니는 잡지모델처럼 생긴 친구(후우라고 불리고 있다.)와 나란히 앉아 이야기를 나누고 있었다. 타이키가 그 근처에 앉는 건 월요일에 있는 영어수업 때뿐이었으며, 이번 주의 월요일은 이미 지나간 뒤였다.

몇 초마다 그녀가 있는 쪽으로 시선을 돌렸지만, 거리는 줄지 않았고 각도도 바뀌지 않았다. 타이키가 앉아있는 곳에서 보이는 것이라곤 그녀의 옆모습과 입가의 미세한 움직임뿐. 수업이 끝나고 입구나 복도 같은 곳에서 우연히 눈을 마주친다면, “좋은 아침.” “수고했어.” 정도의 인사는 나눌 수 있지 않을까.

옆에서 인기척이 느껴져 정신을 차리자, 오늘도 어김없이 빠지겠거니 생각했던 하마노가 자리에 앉아있었다.

"어, 웬일이야."

놀란 타이키에게 하마노는 "학생이 수업을 듣는 건 당연하잖아." 하고 마치 국어책 읽듯 대답했다.

"교수님은 아직 안 왔어?"

"15분 정도 늦는대."

"지금 몇 분인데?"

"시계 봐."

"네, 네."

하마노는 셔츠 소매를 걷어 손목시계를 내려다봤다. 최근 구매했다는 그 가죽 시계는, 파란색을 바탕으로 한 기하학적인 모양의 문자판에 숫자 크기도 제각각이었다. '시간을 확인할 수는 있는 건가?'라는 의문이 들었지만 어쨌거나 하마노에게 잘 어울리는 시계였다. 그는 오늘도 녹색 형광 카디건에 체크무늬 스키니 바지라는, 타이키는 도저히 입지 못할 옷을 멋지게 소화하고 있었다.

타이키의 시선을 눈치챈 듯한 하마노가 걱정스러운 투로 입을 열었다.

"다음에 하라주쿠 쪽으로 봄옷 사러 가자."

"싫어. 너 옷 하나 고르는 데 한세월 걸리잖아."

"나 정도로 오래 걸린다고 생각하면, 너 나중에 여자친구랑 데이트할 때 큰일이라니까."

"어차피 여자친구 같은 거 안 생겨."

하마노는 입을 반쯤 열고 타이키를 쳐다봤다.

"그런 말은 컴플라이언스적으로 좋지 않아."

"컴플라이언스가 뭔데."

"미안, 나도 잘 몰라." 하마노는 손사래를 쳤다. "그래도 말이지. 난 이러니저러니 해도 누마가 인기 많다고 3년 정도 생각하고 있다니까."

"처음 만났을 때부터 생각하고 계셨군요."

"그래서." 하고 하마노가 질문을 해왔다. "누마는 지금 어떤 사람이 이상형인데?"

이상형이라……. 타이키는 조금 생각한 뒤 대답했다.

"수수하지만 다른 사람에게는 없는 확고한 개성이 있고, 같이 이야기하면 사람을 기분 좋게 만드는 듯한……."

"말하자면 테레비 도쿄 같은 사람?"

"왜 방송국을 예로 드는 건데."

미간에 주름을 만든 하마노는 "흠흠" 하고 고개를 끄덕였다. 이야기 주제가 떨어진 듯했다.

"그래, 꽃구경 가자."

갑작스러운 하마노의 제안에, 타이키는 잠시 멍하니 있었다.

"뜬금없이 뭔데? JR 토카이*?"

"듣고 보니 그렇네, 부끄러운걸."

하마노는 무표정으로 말하며 수첩을 열었다.

"이번 주 일정 비어있어?"

"아르바이트 있는데, 정말로 꽃구경 가게? 다른 사람은 누구누구 가는데?"

수첩을 따로 갖고 있지 않은 타이키가 휴대폰의 캘린더를 열면서 말했다.

예상되었던 건 하마노가 소속한 경음악 서클의 동료들이었다. 타이키는 어느 서클에도 가입하지 않았지만, 하마노를 통해서 여러 사람과 친분이 있었다.

"정해진 건, 나랑 타케오 선배, 츠루타니, 카시이."

"뭐?"

타이키는 고개를 들어 하마노의 얼굴을 뚫어져라 쳐다봤다. 타케오 선배는 하마노와 친하게 지내는 3학년이지만, 그 뒤로 이어 말한 두 사람은…….

---

* JR 토카이의 광고 캐치프레이즈가 '그래, 교토에 가자.'이다.

"저기 앉아있는 애들. 누마도 아는 사이잖아."

하마노는 강의실 반대편, 카시이 일행이 앉아있는 자리를 당당히 손가락으로 가리켰다.

타이키는 간신히 아무렇지도 않은 척 목소리를 짜냈다.

"너, 저 사람들이랑 그렇게 친했었어?"

"금요일 수업이라든지 같이 듣고 있거든. 말 안 했나?"

들은 적 없다. 만약 말했었다면 잊었을 리 없다.

"하여간 아쉽네. 다들 일정 맞추기 쉬운 건 역시 토요일인데, 알바라니……."

타이키는 휴대폰 화면을 스크롤 했다.

"아, 잠깐, 이번 주는 쉬는 날이다."

"어, 정말?"

"응."

"뭐야, 다행이네."

하마노가 이를 보이며 웃었다. 타이키가 휴대폰 화면을 껐을 때, 느긋한 발소리와 함께 하마처럼 생긴 교수가 들어왔다.

"미안합니다. 콜라를 마시려고 했는데, 정말 말도 안 되게 뿜어져 나와서 말이죠. 셔츠 좀 갈아입고 왔습니다."

"뭔 말도 안 되는 변명이야."

하마노가 웃으며 작게 말했다.

적당히 끄덕이며 웃어 보이고, 타이키는 다시 카시이를 바라봤다.

저녁 시간, 타이키는 집에 돌아오자마자 아르바이트를 하고 있는 슈퍼에 전화해서 토요일을 쉬는 날로 바꿨다.

"토요일에 무슨 일 있어?"

방에서 나온 고등학교 1학년 남동생, 코우키가 물었다.

"좀 일이 있어서."

"데이트?"

코우키는 거리낌 없이 참견쟁이 같은 반응을 보였다.

"친구들이랑 꽃구경하러 가."

"꽃구경? 어디서?"

"오지(王子)의 아스카야마(飛鳥山) 공원."

태어난 곳도, 자란 곳도 사이타마인 타이키는, 꽃구경을 나간 기억이라고는 가족과 근처 공원을 가본 정도였다.

코우키는 냉장고 문을 열고 먹을 것을 찾고 있었다. 한창 먹고 자랄 나이라고 본인은 말한다.

"형 그거 알아? 일본인이 벚꽃을 보러 꽃구경에 나간 건에도시대 때부터래."

"옛날에는 매화를 보러 나갔다지."

"뭐야, 알고 있네."

코우키는 어머니가 사 온 슈크림을 먹고 거실의 텔레비전을 켰다.

"오, 이 사람 이 사람."

'시끄럽네.'라고 말하려 했을 때, 주머니 속의 휴대폰이 짧게 진동했다.

"형, 이 아이돌 귀엽지 않아? 최근 들어 텔레비전에 자주 나오는데 이름이 뭐더라."

타이키는 동생이 가리키는 텔레비전을 보지도 않고 발을 돌렸다.

"난 테레비 도쿄밖에 안 봐서 몰라."

그렇게 딱 내뱉고는 계단을 뛰어 올라갔다.

휴대폰을 켰다. 방금 받은 문자 메시지. From 카시이 사나.

타이키는 침대에 앉아 심호흡한 뒤 메시지 화면을 열었다.

제목 : 꽃구경~

〈안녕. 꽃구경 같이 간다고 하마노한테서 들었어. 기대된다 (*^_^*) 토요일에 잘 부탁해!〉

두세 번 다시 읽는다. 두 달 만에 온 카시이의 문자 메시지다.

짧아.

여러 번 화면을 스크롤 해도, 문장은 '잘 부탁해!'로 끝나있었다.

타이키는 휴대폰을 살며시 머리맡에 두고 침대에 누웠다. 그리고는 화면을 노려보며 '으으으'하고 앓는 소리를 내었다.

뭐라 답장을 하면 좋을까. 내용은 극히 적다. 마치 답장은 필요 없다고 은연중에 전하는 것 같기도 하다. '잘 부탁해.'라는 말은 그저 끝맺음 인사겠지. 애초에 '잘 부탁해'라니, 꽃구경에서 뭘 어떻게 잘하면 되는 걸까.

타이키는 제멋대로 올라오는 짜증을 억누르고자, 휴대폰을 쥐어 잡은 뒤 천장을 향해 몸을 고쳐 누웠다.

긍정적으로 생각해보자. 그녀는 굳이 보내지 않아도 되는 메일을 보내준 것이다. 기대된다고 말해주고 있지 않은가. 심지어 이모티콘까지 써서 말이다. 그렇게 생각하니 얼굴에 미소가 번졌다.

〈안녕! 나도 기대된다. 카시이는 아스카야마 공원에 가본 적 있어? 난 가본 적 없는데 어떤 곳이야?〉

타이키는 송신 완료 버튼을 누름과 동시에 침대에 엎어졌다. 큰일을 하나 끝낸 것 같았다.

수신함의 이력을 올라가 두 달 전에 받은 카시이의 메시지를 열었다. 같이 듣는 수업의 리포트에 대해 질문을 받았을 때였다. 타이키는 금방 대화가 끊기지 않도록 두뇌를 회전시켰고, 결과적으로 서로 열 통 이상 주고받았다. 둘 다 본 적 있는 시시한 영화 이야기가 대화의 주된 주제였다. 나름대로 좋은 분위기였던 것 같다. 타이키 혼자 '좋은 분위기'라고 생각하고 있는 걸지도 모르지만.

메시지의 글자 하나하나를 눈으로 훑었다. 머릿속에서 카시이의 목소리로 문장을 재생했다. 기분이 좋아졌다. 이모티콘을 고르고 있는 카시이의 손가락을 상상했다. 가슴이 술렁거려서 조금 아팠다.

처음 카시이를 의식하게 된 건, 입학하고 세 달 정도 지났을 때였다. 카시이는 자주 휴대폰을 보고 있었다. 그때는 카시이의 전화번호부에 타이키가 없었다. 그런 당연한 것을 진지하게 생각했다.

2

결국 답장은 오지 않았다. 타이키는 휴대폰을 쥔 채로 새벽 1시가 지날 때쯤 잠이 들고 말았다. 다음 날 아침, 타이키는 1교시 수업을 빼먹기로 마음먹고, 텔레비전의 정보방송을 한 귀로 흘려들으며 다시 잠에 들었다. 잠에서 깨고 휴대폰을 확인해보니 메시지가 한 통 와 있었다. 허겁지겁 열어봤지만, 동네 술집의 광고 메시지인 걸 확인하고 거하게 탄식했다.

3교시 수업에 맞춰 정오가 되기 조금 전에 학교에 도착했다. 브런치를 먹으려고 식당으로 가고 있을 때, 누군가 "히라누마!" 하고 부르는 소리가 들려왔다.

고개를 돌린 타이키는 말 그대로 자리에서 뛰어올랐다. 카사이가 숨을 헐떡이며 바로 옆에 와 있었던 것이다.

"만나서 다행이야."

"응?"

"미안, 어젯밤에 답장 보내줬었지. 내가 실수로 지워버려서 말이야. 뭐라고 보냈었어?"

카시이의 초조함 섞인 표정에 타이키는 당황했다. 기습 공격에 더해 지금까지 본 적 없는 얼굴로 자신을 보고 있으니 심장박동이 빠르게 올라갔다.

"별일 아니야." 정말 별일 아니었기에 오히려 자신이 미안해진다. "카시이는 아스카야마 공원에 가본 적 있나 해서."

"난 가본 적 없어."

"그렇구나."

대화가 끊겼다. 정적 속에서 카시이의 숨소리만이 귀에 들어왔다.

"많이 뛰었어?"

타이키가 그렇게 묻자, 카시이는 20m 정도 떨어진 곳에 있는 5호관을 손가락으로 가리켰다. 캠퍼스 내의 건물 중 가장 최근에 지어진, 벽면이 유리로 된 고층 건물이었다.

"5층 창문에서 히라누마가 보여서 뛰어 내려왔어. 내가 또 시력이 좋거든."

"엘리베이터 안 탔어?"

"느린 걸 어떡해."

"전화하면 됐을 텐데."

카시이가 멍하니 굳어버렸다.

"……그 생각을 못했네."

카시이를 찬찬히 보던 타이키는 그만 웃음이 터졌다. 그러자 민망한 듯 따라 웃는 카시이. 웃는 그녀를 보며, 타이키는 눈 딱 감고 입을 열었다.

"뭐라도 마시지 않을래?"

"아…… 좋아!"

카시이의 얼굴에 활짝 웃음이 번졌다. 타이키는 조금 붕 뜬 기분이 되었다.

자판기에서 종이팩으로 된 홍차를 샀다. 그리고 같이 식당으로 들어가 자리에 앉았다.

"이 뒤에 수업 있어?"

"3교시는 휴강이고 5교시까지는 비어있어."

식권을 사러 자리에서 일어나면 카시이가 돌아갈 것만 같아서, 타이키는 가만히 앉아 페트병에 담긴 차를 마셨다. 이렇게 단둘이 이야기하는 건 처음이었다. 여태까지는 수업 때 잠깐 이야기를 나눈 정도였고, 보통 다른 친구들도 사이에 끼어있었다.

"오늘 후우 씨는?"

카시이는 "후우 씨라니." 하고 웃었다. "그 녀석은 땡땡이야. 일일 알바 넣었대. 이번 달 꽤 위험한 모양이더라고."

"그렇구나."

"후우는 절약을 잘 못 하니까."

카시이는 "옷을 너무 사서 그런 거라니까. 그렇게 생각 안 해?" 하고 의문을 던짐과 동시에 타이키의 얼굴을 바라봤다. 후우의 쇼핑 사정 같은 건 하나도 모르지만 "나도 그렇게 생각해. 엄청 그렇게 생각해." 하고 무작정 동의했다.

"카시이는 쇼핑 같은 거 별로 안 해?"

"뭐가 됐든 싼 걸 찾아. 히라누마는 항상 옷 깔끔하게 입지?"

"그런가?"

"응. 청결해 보여서 좋다고 생각하고 있었어."

"그런 말 들은 거 처음이야. 고마워."

심장이 탱탱볼처럼 튀는 것만 같은 느낌이 들었다. 타이키는 하마노에게 이 말을 꼭 들려주리라 생각했다.

"히라누마." 홍차의 빨대를 집으며 카시이가 말했다. "나 못생겼을까."

"응?"

카시이는 자신의 양 볼을 손바닥으로 꾹 누르며 타이키

를 바라봤다.

"왜 그런 걸 물어봐?"

타이키는 당황해서 반문했다. 카시이는 손을 볼에서 떨어트리고 고개를 숙였다.

"음……. 딱히 상관없는데, 스스로 그렇게 생각하고 있어도 다른 사람한테서 들으면 좀 아니잖아. 그게 어떤 평가라도 말이야."

타이키는 멍하니 바로 앞에서 움직이는 카시이의 표정을 살폈다. 옅은 입술. 낮고 둥근 코. 쌍꺼풀 없는 눈. 결코 뛰어나게 귀엽다고 할 수 있는 얼굴은 아니었다.

그렇지만 너무나도 매력적이다. 생각에 잠길 때 입을 오므리는 버릇이나, 오른쪽 눈가의 눈물점 같은 부분들이 말이다. 그렇기에 타이키는 자신도 모르게 항상 카시이를 바라보게 된다.

"나, 카시이를 좋아해."

"응?"

점심시간의 식당에 학생들의 모습이 빠르게 늘어나고 있었다. 평화로운 잡음이 울려 퍼진다. 희로애락의 희와 락만이 흘러넘치는 듯한 풍경. 타이키의 직선상에 있는 텔레비전에서는 점심 뉴스가 흘러나오고 있었다.

그 속에서, 타이키는 자신의 마음을 고백하고 말았다. 되돌릴 수 없다. '왜 이런 장소에서.'라는 생각이 뒤늦게 솟아났다. 분위기도 뭣도 없는데, 모처럼 이틀 후에 꽃구경을 가는데, 도대체 왜.

그때, 카시이의 입술이 움직였다. "고마워." 뒤늦게 목소리가 귀에 들어왔다.

마치 불꽃놀이 같았다.

"나도 히라누마 좋아해."

"거짓말."

"진짜야."

페트병에 담긴 차를 마셨다. 한 모금 정도밖에 남지 않았다.

"사귈까."

"그럴까."

어딘가에서 "오늘 카레 돈까스 완전 맛있어!"라는 외침이 들려왔다.

3

말수가 줄어든 두 사람은 빈자리가 다 차기 전에 식당

을 나섰다. 부끄러운 듯 미소 짓는 카시이가 바로 옆에 있다. 불과 몇 분 전까지 그저 동급생이었는데 지금은 자신의 여자친구라는 사실이, 봄의 청춘 속 타이키의 마음을 춤추게 했다.

거기까진 좋았다. 더할 나위 없이 좋았다.

카시이가 걸으면서 말했다.

"아직 시간 괜찮아?"

수업이 있었지만, 지금은 아무래도 좋다.

"어디라도 갈까?"

"만나줬으면 하는 사람이 있어."

"누구?"

카시이는 잠시 허공을 올려다본 뒤 대답했다.

"남자친구."

"뭐?"

잘못 들은 게 분명하다. 남자친구는 여기 있지 않나.

"그게." 발걸음을 멈춘 카시이가 관자놀이를 누르며 말했다. "설명하려면 좀 복잡해서, 일단 소개하는 게 빠를 것 같은데."

무슨 농담인지, 아니면 내가 모르는 암호문 같은 건지. 동요하고 있는 타이키의 뒤에 한 남자가 나타났다.

"어이, 사나."

깜짝 놀라 뒤를 돌아보니 편의점 봉투를 든 남학생이 서 있었다.

"카케루. 지금 막 가려던 참인데."

"오기 전에는 연락해."

허스키한 목소리다. 평범한 체격의 타이키에 비해 키는 작지만 근육질이었고 어깨가 넓었다. 카케루라고 불린 그 남자는 타이키에게 시선을 향하고는 입꼬리를 올렸다.

"알겠다. 전에 말한 그 녀석이지?"

무슨 소린지 이해할 수 없었지만, 카시이는 알아들었는지 "그렇긴 한데, 실례야." 하고 카케루를 혼내고 있었다. 카시이의 친구인가? 몇 번 얼굴을 본 적은 있지만 직접 말을 나누는 건 이번이 처음이었다.

"아, 그……."

머뭇거리는 타이키의 옆에서 나온 카시이가 선언했다.

"이 사람은 히라누마 타이키. 오늘부터 사귀기로 했어."

카케루는 한숨을 쉬고, 다소 예의 없는 시선을 타이키에게 향했다.

"그래, 그렇구만. 네가 히라누마란 말이지?"

카케루의 얼굴은 윤곽이 뚜렷했으며 눈빛이 날카로웠

다. 카케루가 노려보자 타이키는 기세가 눌렸지만, 좌우간 지면 안 된다고 생각해 똑같이 카케루를 노려봤다.

"뭔가요?"

"아스카야마 공원에는 기관차가 있어."

갑작스러운 그 말에 타이키는 깜짝 놀랐다. 분명 어제의 메시지 이야기다.

"……누구?"

"나? 난 사나의 남자친군데. 뭐라 해야 하나, 아무튼 잘 부탁해."

이해할 수 없는 말이 귀에 들어왔다. 카케루는 악수를 청하려는 듯 손을 내밀고 있었다.

"무슨 소리를 하는 거야." 타이키는 자기 자신의 센 어조에 놀랐지만 그 기세는 멈추지 않았다. "남자친구는 나야."

카시이가 두 사람 사이에 끼어들었다.

"잠깐. 그러니까 히라누마, 방금 소개하고 싶다고 말한 남자친구 중 하나가 이거."

"이거라니……."

카시이는 카케루를 무시하고 타이키의 코앞에서 허공에 한자로 이름을 적었다.

"오야마다 카케루라고 해. 첫인상은 대부분 나쁘지만,

익숙해지면 그렇게 나쁜 사람은 아니야."

"참 잘도 설명해주네!"

"어디까지나 객관적인 정보를 전했을 뿐이야."

"어디가 객관적인데."

"잠깐 기다려!" 하고 외치며 타이키가 두 사람을 제지했다. 얼굴에 경련이 일어나 반쯤 웃는 표정이 되었다. 머리가 어질어질했다.

"무슨 말 하는지 하나도 이해를 못 하겠는데, 뭐야? 이게 뭔 대화야?"

"그야 연인 간의 대화지."

오야마다 카케루가 카시이와 손깍지를 끼고 타이키에게 턱을 내밀며 말했다.

"카케루, 왜 일일이 시비 거는 말툰데."

카시이는 질린 듯한 표정을 짓고 있었지만, 깍지낀 손을 풀지는 않았다. 그리곤 타이키에게 시선을 향하며 "미안해." 하고 대신 사과했다.

"간단히 설명하자면, 히라누마 외에도 사귀고 있는 사람이 두 사람 있어. 그러니까 히라누마는 내 세 번째 남자친구로서 사귀어 줬으면 해. 히라누마가 괜찮다면 말이야."

타이키는 말문이 막힌다는 느낌을 처음 경험했다.

괜찮다면? 괜찮을 리 없잖아.

자신도 모르게 올려다본 하늘은 잿빛이었다. 불과 몇 분 전까지만 해도 푸른 하늘이었던 것 같은데, 잘못 본 걸까.

4

대학에서 걸어서 10분 정도 걸리는 카페에서, 타이키는 커피를 휘젓고 있었다. 맞은편에 앉은 오야마다는 소리를 내며 망고주스를 마시고 있다. 타이키를 생각해주는 건지, 카시이는 타이키의 옆에 앉아 이런저런 말을 건네왔지만, 영혼 없는 대답밖에 나오지 않았다.

조금 전 캠퍼스에서 카시이는 다른 한 명도 소개해준다면서 누군가에게 전화를 걸었다. 상대는 바로 전화를 받았고, 곧 갈 테니 이 카페에서 기다리라고 한 모양이다.

사쿠라 하루히토라고 하는 그 남자는 문구 회사에서 일하는 스물여덟의 회사원이라고 한다.

"성실하면서도 친절한 사람이야."

카시이가 그렇게 말하자 오야마다는 콧방귀를 뀌었다.

"무슨 콩깍지가 씌면 그게 그렇게 보이는 거야? 완전 속이 시커먼 날라리잖아."

"아니라니까. 사쿠라 씨는……."

눈앞에서 자신의 여자친구가 자신이 아닌 남자친구와, 자신이 아닌 또 다른 남자친구에 대해 의견을 주고받고 있다. 이 상황은 도대체 뭘까.

셰어 하우스와 비슷한, '셰어 연애'라고 카시이는 말했다.

섹스 프렌드는 아니다. 친밀히 여러 남성과 사귀고 있다. 심지어 남자친구들 간의 합의하에 말이다.

도무지 이해할 수 없었다.

얼마 지나지 않아 사쿠라가 가게 안으로 들어왔다. 타이키는 어떤 표정을 지어야 할지 모르겠다는 얼굴로 사쿠라를 쳐다봤다. 카시이와 오야마다의 대화 속에 나왔던 '성실한 남자'라는 말을 바로 납득할 수 있었다. 180cm 이상 될 것 같은 날씬한 몸. 감색 정장이 잘 어울렸으며 은색 프레임 안경에 머리는 세련된 7:3 가르마였다.

"미안, 많이 기다리게 했네."

사쿠라는 그렇게 말하고 자리에 앉았다.

"아뇨아뇨. 아직 약속 시간까지 5분 남은걸요. 역시 사쿠라 씨에요." 카시이가 말한다. "점심시간인데 갑자기 불러서 죄송해요."

"괜찮아. 중요한 이야기인걸."

사쿠라가 타이키에게 미소를 보냈다. 바로 시선을 피하지 못했다. 말쑥한 얼굴이라고 재차 생각했다.

"네가 히라누마?"

"네."

"안녕, 사쿠라라고 해. 얘기 듣고 깜짝 놀랐지?"

고개를 끄덕였다. 하지만 깜짝 놀란 정도가 아니었다.

"셰어 연애라니, 말도 안 되는 소리라고 생각하는데요." 내뱉는 듯한 말투가 된다. "전 싫습니다."

안경 너머로 사쿠라의 눈이 가늘어졌다. 날카로운 이목구비 중, 눈만이 부드러운 인상의 처진 눈이었다.

"이해할 수 없다면 지금이라도 그만두는 게 좋아."

"네?"

"그도 그럴 게 우리는 정상이 아니니까."

사쿠라는 아무렇지도 않게 말했다.

"자각은 하고 있어." 주스를 휘저으며 오야마다가 이어 말했다. "그러니까 이런 연애에 너 같은 사람을 끌어들이는 건 피곤하다고나 할까."

그러곤 타이키의 시선을 피하고 양손을 후두부에 가져간 뒤, 의자에 깊게 기대었다.

"그럼 애당초." 타이키는 맞은편에 앉은 두 사람을 번갈아 봤다. “왜 이런 식으로 사귀고 있는 거야.”

“우리는 이해했고, 잘 되고 있으니까.”

“처음부터 이런 방식이면 바람피울 위험도 없고.”

마치 카시이가 바람을 피우기라도 한다는 듯이 말하는 것 같아 화가 치밀었다. 그렇지만 오야마다는 확실히 타이키보다 카시이를 잘 알고 있다. 그에게서는 그런 여유가 느껴졌다. 사쿠라는 살짝 쓴웃음을 짓고 있었다.

“그래도 역시 반쯤 불장난 같아. 가볍다고 할까, 몰염치하다고 할까.”

오야마다가 눈을 둥글게 떴다.

“몰, 몰염치? 실제로 그런 말 쓰는 녀석 처음 보네. 너 범생이야? 진지하게 ‘따님과 교제하게 해주세요.’ 같은 말을 한다거나 하는?”

타이키는 오야마다를 무시하고 사쿠라에게 시선을 향했다.

“방금 사쿠라 씨가 말한 대로, 주변 사람들은 비정상적인 연애라고 생각하겠죠. 뭔가 근본적으로 어긋나있으니까.”

타이키가 그렇게 말하자 오야마다가 몸을 내밀었다.

“다른 사람들 같은 건 상관없다니까.”

“사쿠라 씨한테 묻고 있으니까 좀 다물어줄래?”

"내가 왜."

사쿠라가 오야마다의 옆구리를 찔렀다. "으흣" 하고 간지러운 듯이 오야마다가 몸을 비틀었다.

사쿠라는 오야마다를 무시하고 타이키를 쳐다봤다.

"히라누마, 폴리아모리라고 들어본 적 있어?"

"폴리아모리? 처음 듣는데요."

"우리처럼 파트너를 한 사람으로 정해두지 않는 커플을 그렇게 불러. 통계에 의하면 미국에는 50만 명 이상의 폴리아모리 커플이 있다고 해."

"그래서 이상한 게 아니라는 건가요?"

"전체 인구로 따지면 소수니까 정상이 아니라고 생각해도 돼. 단지 이게 잘못된 형태는 아니라는 거지. 우리가 부끄러워할 필요도 없고 가치관은 사람마다 다르니까. 네가 이해할 수 없는 연애는 하지 않는 게 좋아."

타이키는 옆에 앉아있는 카시이를 쳐다봤다.

"카시이는 이런 게 정말 좋아?"

"응. 애초에 내가 시작한 거고."

아무렇지도 않게 내뱉은 그 한마디에 타이키는 충격을 받았다. 반사적으로 "왜?" 하고 카시이에게 물었다.

"무리하게 한 사람만을 정할 필요는 없는 것 같아서. 그도 그럴 게 난 모두를 좋아하니까."

순수한 미소와 함께 말을 맺는 카시이를 보며, 타이키는 반론이 소용없다는 걸 깨달았다. '모두'의 안에는 물론 타이키도 있을 것이다. 그렇다고 해서 받아들여야 한다니. 하지만, 이해하지 않으면 카시이와는 사귈 수 없다.

"애초에 너 정말로 사나를 좋아하긴 하는 거냐?"

오야마다가 말했다.

타이키는 전혀 입을 대지 않은 커피를 한 모금 마셨다.

"알겠어."

세 사람의 시선이 타이키의 얼굴로 쏠렸다.

"저도 남자친구 중 한 사람이 되겠습니다."

잠깐의 침묵이 흐르고, 맨 먼저 목소리를 낸 건 카시이였다.

"다행이야!"

카시이가 기쁜 듯이 웃었다. 코에 익숙한 주름이 생겨있었다.

5

타이키의 고등학생 시절에 화려한 추억은 없었다. 평범

한 인문계 고등학교에서 평범한 성적을 내던 타이키였지만, 이성관계 이전에 인간관계에서 어려움을 겪었다. 물론 쉬는 시간에 말을 나눌 반 친구 정도는 있었다. 하지만 흔히 말하는 '허물없이 지낼 수 있는 친구'는 없었고, 이성과는 하루 한 마디도 섞지 않는 날이 대부분이었다. 동아리 활동이라도 했으면 좋았을지도 모른다. 하지만 타이키의 낯가림과 어중간한 공부욕이 섞여서, 미지의 영역에 발을 내딛는 날은 점점 멀어질 뿐이었다.

누가 말을 걸어와도 맞장구를 칠 뿐 이야기가 좀처럼 이어지지 않았다. 신중히 대답하려는 마음에 초조해져서 입을 다물어버리곤 했다. 그런 상대와 친하게 지내려는 사람은 적었고, 같은 반 남자애들도 점점 타이키에게 가까이 가지 않게 되었다.

사람들은 말한다. 근육은 쓰지 않으면 퇴화한다고. 대화도 마찬가지이다. 말을 걸어주지 않으니 대화를 시작할 수도 없다. 그러다 보면 점차 대화법을 잊어간다. 말주변이 없어진 타이키는 점차 과묵해졌다. 쉬는 시간에는 자습을 하거나 책상에 엎드려 자는 척하며 일상을 보냈다. 무언가 학교 행사가 있는 날은 특히 우울해졌다.

예를 들면 문화제가 그랬다. 매마다 새로운 커플이 생

기거나, 준비된 여러 상연물에 교내가 시끌벅적해졌지만, 타이키는 그렇지 않았다.

2학년 문화제 때, 타이키의 반은 초코 바나나 가게를 차렸다. 타이키는 묵묵히 회계 담당을 맡았다. 자투리 시간에는 조금이나마 친한 남자애들 뒤에 붙어 혼자가 아닌 척을 했다. 이런 시간 따위 빨리 끝났으면 좋겠다고 간절히 빌었다.

하지만 시간은 타이키를 비웃듯 너무나도 느리게 흘러갔다. 저녁이 되고 혼자가 되어버린 타이키는 교내를 어슬렁거렸다. 풍선이나 꽃으로 장식된 학교 건물을 헤맸다.

시끄러운 사람들. 웃음소리. 여러 가게의 호객. 더럽게 못 하는 밴드의 연주. 음악과 환성. 높은 톤의 여자 보컬. 그 모든 것에서 솟구치는 고양감이 타이키를 고독에 젖게 했다.

공원의 벤치에 앉아 한숨을 쉬었다. 그때를 진지하게 떠올린 건 오랜만이었다. 3학년이 되고 타이키는 하마노와 같은 반이 되었다. 하마노는 푹신하게 사람을 연기로 감싸는 듯한 아이였고, 신기하게도 이야기하기 편했다. 그리고 하마노는 제1지망, 타이키는 보험으로 넣어 둔 현 대학에 같이 진학하여 지금에까지 친구관계가 이어졌다. 하마노를 만난 이후로, 타이키는 인간관계에 대한 어려움을 어느 정도 극복할 수 있었다. 하마노가 없었더라면, 어쩌면 대학에서도 소위 '아싸'가 되었을지도 모른다.

다시 한번 한숨이 나왔다. '정말로 사나를 좋아하긴 하는 거냐.'라는 오야마다의 질문이 머릿속에서 울리고 있었다. 정말로 좋아하는 게 당연하다. 그건 오히려 타이키가 해주고 싶은 말이었다. 왜 되받아치지 않은 걸까. 오야마다나 사쿠라가 얼마나 카시이와 사귀고 있는지는 모르지만, 셰어 연애라는 걸 납득하고 있다는 점에서 그다지 큰 애정이 아니다.

타이키는 그 누구보다도 카시이를 소중히 할 자신이 있었다.

가방에서 종이를 꺼냈다. 먼저 계약서. 셰어에 동의한다는 사인을 적게 했다. 그다음은 사쿠라가 인쇄해온 '데이트 예약표'다. 서식은 아르바이트에서 봤던 일정표와 크게 다를 게 없었다. 카시이와 만날 날을 셋이서 나누는 것이다. 타이키는 이 시스템에 화가 치밀었지만 꾹 참았다.

카페에 모여 바로 셋의 일정을 조율했다. "신입이니까 좀 양보해." 하고 아우성치는 오야마다를 사쿠라가 진정시키고는, "처음이니까 많이 만나는 게 좋아."라며 자신이 만날 예정이었던 이번 주 금요일과 일요일을 양보해주었다. 금요일, 요컨대 내일은 카시이와 낮부터 '같이 있어도 좋다'는 것 같다. 카시이에게 남자친구가 생기는 날은 주에 따라 다른 모양이다. 그렇지 않은 날은 설령 학교에서 만나더라도 데이트를 하면 안 된다고 한다.

한 장 더 종이가 있다. 이것도 사쿠라가 가져온 '셰어의 규칙'.

하나, 일정을 변경할 경우, 전날까지 모두에게 연락할 것.

하나, 사나가 일정을 변경하길 원할 때는 그에 따를 것.

하나, 데이트한 장소, 외식한 가게는 2주 간격으로 남자친구간에 공유할 것.

하나, 성교를 할 시에는 피임구의 착용을……

도중까지 읽고 종이를 구겨 가방에 쑤셔 넣었다.

6

다음 날, 2교시로 수업이 끝났다. 2학기의 마지막 수업이기도 했다.

다른 교실에서 수업을 받은 카시이와 학교 정문 앞에서 만나기로 했다. 셰어에 대한 불만이 컸음에도, 첫 데이트라고 생각하니 타이키는 기다리는 내내 심장이 두근거렸다.

약속장소에 나타난 카시이는 감색 원피스를 입고 있었다. 화장도 평소와는 달랐다.

"데이트에 맞춰봤어. 어때?"

그렇게 말하고 미소짓는 카시이를 보자, 어제부터 안고 있던 개운치 않은 감정이 사라졌다.

"엄청 괜찮은 것 같아."

어휘력이 없다는 사실을 새삼 통감했다.

오늘은 이케부쿠로에서 영화를 보기로 했다. 그 전에 점심을 먹자고 카시이가 말했었기에, 타이키는 가게 후보를 찾아보았다. 휴대폰을 조작해 즐겨찾기에 등록해 놓은 화면을 열었다.

"평가가 높은 가게를 알아왔는데."

카시이가 휴대폰을 내려다봤다.

"아, 이 가게는 사쿠라 씨랑 얼마 전에 갔으니까 다른 가게가 좋아."

개운치 않은 감정이 돌아왔다. 분하지만 '공유'에 관한 규칙은 중요하다는 건가.

결국 패밀리 레스토랑으로 가게 되었다. 사이제리아* 이상 데니즈** 이하의 가격대로 하자고 서로의 의견이 일치했고, 결국 데니즈에 가기로 했다. 대학생인 타이키에게 가게의 선택지는 그다지 많지 않았다.

"데이트 비용은 더치페이여도 괜찮아." 서로 주문한 음식이 나왔을 때, 카시이가 생각났다는 듯이 말했다. "카케루와는 항상 그러니까."

"아냐, 아냐……. 내가 낼게."

오야마다와 동급이 될 생각은 없다.

"그래? 무리는 하지 마."

카시이는 그렇게 말하고 오므라이스에 숟가락을 가져다 대었다.

"그 두 사람하고 경쟁할 필요는 없으니까, 다 같이 사이좋게 지내자."

오므라이스가 입으로 옮겨진다.

타이키는 스파게티를 포크에 휘감았다. 들어 올리기 직전, 무심코 힘을 빼는 바람에 면이 풀려버렸다.

"나도 그 두 사람도, 모두 평등하게 좋아한다는 거야?"

---

* 저렴한 가격으로 학생들에게 인기인 가게이다.

** 비싼 건 아니지만 그렇다고 저렴하다고 말할 순 없다. 보통 한 사람 800엔 ~ 1200엔 정도.

"응, 맞아."

얼굴을 들어 올린 카시이의 입가에 소스가 묻어있었다. "입에 묻었어."라고 타이키가 말하자 부끄러운 듯이 손가락으로 훑고는 날름 핥는 카시이. 타이키는 시선을 피하고 숨을 죽였다.

"난 이해가 안 돼."

"조만간 이해할 수 있을지도 몰라."

그렇게 말한 카시이는 잠깐 무언가 생각하는 듯 하더니, 구석에 끼워놓았던 메뉴판을 다시 꺼냈다.

"이 안에서 어떤 게 제일 좋아?"

갑작스러운 질문에 타이키는 대답을 바로 하지 못했다.

"봐, 하나만 정하는 건 힘들잖아."

"그게 뭐야. 치사해."

"미안."

카시이는 숟가락을 다시 오므라이스로 향하며, "헤어져도 괜찮으니까."라고 쌀쌀맞게 덧붙였다.

큰소리로 무언가 외치고 싶은 충동이 솟구쳤다. 하지만 딱히 할 말이 없었기에, 타이키는 조용히 입안에 면을 가득 담았다.

점심 식사를 끝내고 선샤인 거리의 영화관으로 향했다.

영화표를 산 뒤에 팝콘도 구매했다.

둘이서 나란히 좌석에 앉았을 때, 타이키는 '아, 데이트 하고 있구나.'라는 긴장감과 행복감이 새삼 솟구쳤다.

이런 관계를 부정하고 싶은 건지, 아니면 긍정하고 싶은 건지. 화가 나 있는 건지, 즐기고 있는 건지. 플러스와 마이너스를 오가는 자신의 감정이 좀처럼 진정되지 않았다.

조명이 꺼지고 상영시간이 되었다. 다른 영화의 예고편이 몇 번 지나가고, 이내 본 영화가 시작되었다.

두 사람의 좌석 사이에 놓인 팝콘에 손을 뻗었다. 영화가 흐르는 두 시간 사이에 우연히 손이 겹치는 일도 있을까. 갑자기 드는 생각에 타이키는 쓸데없이 가슴이 두근거렸지만, 그런 일은 일어나지 않았다.

영화는 이번 주 랭킹 1위인 '충격과 감동의 휴먼드라마'였지만, 타이키는 그다지 재밌게 보지 않았다. 주인공이 너무 독선적이라 감정을 이입하기 힘들었고, 폭력을 휘두르는 장면도 마음에 들지 않았다.

영화관을 나오자마자 "어땠어?"라고 물어오는 카시이에게, 타이키는 솔직하게 별로였다고 대답했다. 그러자 카시이는 눈을 동그랗게 뜨며 웃었다.

"나도 똑같은 의견이야."

"기뻐."

말이 생각을 거치기보다 먼저 입에서 나왔다. '정말로 기쁜 거구나.'하고 자신의 마음을 남 일 바라보듯 생각했다.

"분명 히라누마는 그렇게 느꼈을 것 같았어." 카시이는 하늘을 올려다봤다. "카케루는 친구랑 같이 본 모양인데, 엄청 좋았다더라"

"……허."

"걔는 의견이 다르면 막 달려드는 면이 있으니까."

"귀찮은 녀석."

"그런 부분이 좋을 때도 있지만, 그렇다 해도 요전번에 싸운 건……."

"싸웠어?"

"응. 나도 너무 지나치게 말하긴 했어. 카케루의 안 좋은 점을 '이때다.'하고 막 쏟아내서……. 그랬더니 걔가 나 보고……."

카시이는 깜짝 놀라 제정신으로 돌아온 표정을 짓고는 입을 닫았다.

"미안, 미안. 아무것도 아니야."

적당히 얼버무리고 걸음을 떼려는 카시이. 그렇지만 타

이키는 움직이지 못했다.

"왜 그래?"

"미안, 오늘은 이만 가볼게. 잘 가."

그렇게 일방적으로 데이트가 끝이 나고, 타이키는 빠른 걸음으로 그 자리를 떠났다.

7

타이키는 충동적으로 학교에 돌아왔다. 정문에 도착한 건 네 시 반을 지날 때였다. 오야마다는 4교시 수업을 듣고 있을 터. 어제 일정표를 작성할 때 들었다. 그때 오야마다가 하마노와 같은 경음악 서클이라는 것도 알게 되었다. 말도 안 되는 트집이라는 건 알고 있지만, 하마노에게도 괜한 배신감이 들었다.

숨을 헐떡이며 캠퍼스를 달렸다. 어느 교실인지 몰라 확률적으로 가장 사용빈도가 높은 건물로 들어갔다.

학생들의 파도 속에서 오야마다의 모습을 발견했다. 말을 걸려고 했지만, 양옆에 하마노와 후우가 보였기에 잠시 망설였다.

다행히 둘은 금방 떨어졌고, 오야마다 혼자서 부실동을

향해 걷기 시작했다. 기회를 놓치지 않고 달려가 뒤에서 어깨를 쳤다.

뒤를 돌아본 오야마다가 눈을 껌뻑였다.

"어라, 데이트는?"

"질문이 있어."

"뭐?"

"엊그제 카시이랑 싸웠어?"

"……뭐?"

"대답해."

분노를 억누른다. 어이없다는 표정을 하고 있던 오야마다가 헛웃음을 지었다.

"싸웠는데 그게 뭐?"

"카시이한테 뭐라고 말했어?"

"그야 여러모로 말했지? 싸움이니까."

타이키는 양팔을 벌려 가벼운 어조로 말하는 오야마다의 멱살을 자신도 모르게 움켜쥐었다.

"못생겼다고 했냐?"

"아프잖아. 했으면 어쩔 건데."

타이키는 잠깐 오야마다를 노려보다 멱살 쥔 손을 떼었다.

"뭐야, 한 대 안쳐? 되받아치려고 했는데."

"난 그런 멍청이가 아니거든. 그래도 하나는 알았어. 넌 카시이의 남자친구로 있을 자격이 없어."

오야마다는 이 세상의 끝이라도 본 듯한 표정을 지었다.

"남자친구로 있을 자격이라니, 너 제정신으로 말하는 거냐?"

"제정신이야."

"무슨 열혈 고등학생도 아니고……."

"내 고등학교 시절은 조금도 뜨겁지 않았어!"

억누르지 못하고 소리쳤다.

"……왜 거기서 화를 내는 건데."

"시끄러워. 아무리 화가 났다지만, 해도 되는 말이랑 해서는 안 되는 말이 있어. 그녀에게 못생겼다고 하는 놈은 쓰레기야. 그러니까 지금 당장 헤어져!"

분노에 맡기고 막 내뱉었다.

"뭔데? 신입 주제에 다 안다는 듯이 말하지 마."

"능력 없는 베테랑은 은퇴해. 사직하라고."

"왜 명령조냐?"

오야마다의 표정이 험악하게 구겨졌다. 타이키도 이에 지지 않았다. 그렇게 몇 초 동안 길 한복판에서 서로 노려봤다. 관심 없는 척하는 마음 착한 학생들이 이따금 스쳐 지나갔다.

이윽고 오야마다가 크게 웃었다.

"그래……. 내게 쓰레기라고 말한다면, 너한테 좋은 걸 알려주지."

오야마다는 가방에서 노트 한 장을 뜯어 가타카나로 휘갈겨 적은 뒤 타이키에게 건넸다.

"어차피 오늘 밤 할 일 없지? 8시 전에 여기로 와."

"여긴?"

"시부야의 이탈리안 레스토랑."

8

번화가에서 떨어진 아담한 레스토랑이었다. 입구에서 펄럭이는 이탈리아 국기가, 이곳이 이탈리아 요리를 하는 가게라는 걸 말해주고 있었다. 가게 이름을 검색하자 평균 가격대가 나왔다. 타이키는 침을 삼켰다. 타이키의 점심값과는 두 자릿수가 차이 났다.

타이키가 도착했을 때, 오야마다는 길가의 가드레일에 기대어 입구를 힐끔거리고 있었다.

"오, 제대로 왔네."

오야마다는 무슨 목적으로 부른 건지 밝히는 대신, 일단 가게 입구 쪽을 보라고 했다.

머지않아 한 쌍의 커플이 도착했다.

"응?" 타이키는 자신도 모르게 목소리를 내고 말았다.

"큰 소리는 내지 마."

"아니, 그렇지만."

남성은 틀림없는 사쿠라였다. 그리고 여성은 카시이가 아니었다. 겉보기엔 20대 후반의 직장인 같았다.

두 사람은 입구 근처에서 무언가 속삭였다. 아니, 거리가 멀기에 그렇게 보일 뿐, 실제로는 평범하게 대화하고 있을지도 모른다.

대화를 마무리한 둘은 서로 미소 지은 뒤, 나무로 된 문 안으로 들어갔다.

"어제 저 녀석 수첩이 살짝 보였는데, 오늘 이 가게라고 적혀있더라고. 하여간 이곳을 자주 온단 말이지."

"잠깐잠깐잠깐."

타이키는 허공에 손을 저었다.

"방금 건 대체 뭐야?"

"뭐긴 뭐야, 고급 이탈리안 데이트지. 백포도주로 절인

황소 볼살이라든지, 뭐라더라, 바냐 카우다 같은 거 먹지 않을까. 근데 애당초 바냐 카우다는 어떤……."

"그러니까! 왜 저 사람이…… 바람을!?"

"사나도 알고 있어. 나도 들은 적 있고. 참고로 저 녀석이 사귀고 있는 여자는 두세 명 정도가 아니야."

"뭐어?"

가드레일에서 떨어져 발을 돌렸다.

"저 녀석은 사나를 셰어하고 있는 것뿐만 아니라, 따로 여러 여자와 사귀고 있어. 엄청나다니까. 지금까지 사귄 사람은 국가 공무원에, 꽃꽂이에, 심지어 수상한 탐정도 있었지. 완전 일급 카사노바야. 어때, 나보다 쓰레기지?"

타이키는 아연실색하며 레스토랑을 응시했다. 돌로 만들어진 벽 너머, 우아하게 여자를 꼬시고 있는 사쿠라의 모습을 상상했다. 자신도 모르게 주먹이 꽉 쥐어졌다.

"쳐들어가지 마. 민폐니까."

"어차피 그럴 깡도 없어." 내뱉듯이 말하고 머리를 쥐어뜯었다. "역시 이런 거 이상하다니까. 카시이는 왜……."

"네가 사나를 너무 모르는 거야." 오야마다가 가슴을 후벼 파는 일격을 날렸다. "뭐, 사쿠라에게 대항한다는 목적이라면 손을 잡아도 좋아. 저런 카사노바 놈은 박멸해야 한다고. 사회를 위해서든, 우리 같은 시원찮은 남자들을 위해서든."

"후후" 하고 힘없는 쓴웃음이 터져 나왔다.

"뭔데."

"그야 내게 너는 시원찮은 남자가 아니니까."

"뭐?"

"고등학생 때는 어떻게 지냈어?"

왜 오야마다에게 이런 걸 묻고 있는 건지, 타이키 자신도 알 수 없었다.

"어떻게 지냈냐니. 그냥 평범했지."

"난…… 흔히 말하는 대학 데뷔."*

"그럼 고등학교 때는 아싸였냐?"

타이키는 무시하고 이어나갔다.

"고등학교 시절이 미친 듯이 어두웠으니까, 실은 지금도 내게 자신이 없어."

귀를 파던 오야마다는 노골적으로 얼굴을 찌푸리더니

"정말 눈물나네. '나는 대학 데뷔했어요.'라니."

라며 어이없다는 듯 웃음을 흘렸다.

"단지."라고 타이키는 이어갔다. "난 너나 사쿠라보다

* 고등학교 때는 반에서 눈에 띄지 않던 사람이 대학에 들어가, 충실한 캠퍼스 라이프를 위해 외형이나 언동을 크게 바꾸는 것을 의미.

그녀를 알고 있다고 생각해."

"……멋대로 지껄이든가. 신입."

비꼬듯 내뱉은 오야마다는 "그럼 볼일은 끝났으니까." 라는 말을 남긴 뒤 자리를 떠났다.

9

다음 날은 절호의 꽃구경 날씨였다. 시작은 오후 3시부터였지만, 열두 시에 하마노로부터 자리를 잡고 있다고 연락이 왔다. 결국 하마노의 서클 동료를 중심으로 열 명 이상 모인 듯했다.

"뭔가 대학생 같네."

집에서 나올 때, 남동생 코우키가 부러운 듯이 말했다.

"인싸 같아. 나랑은 다르게."

그렇게 말하고 코우키는 교과서 페이지를 한 장 넘겼다. 듣자 하니 기말고사에서 수학만 재시험을 보게 되었다는 모양이었다.

"그야 고등학교랑 대학교는 다르니까."

"그렇지만, 아니, 그보다 형은 고등학생 때도 나보다 괜찮았잖아. 낙제점도 받은 적 없었고."

"낙제점 받았었어."

어느 의미로는 낙제점뿐인 고등학생이었다.

"뭐? 진짜? 잘 감춘 거구나?"

동생의 묘하게 감탄하는 표정에 타이키는 쓴웃음을 지었다. 확실히 가족에게는 충실한 고등학교 생활을 보내고 있는 것처럼 연기했다. 가족을 안심시키기 위함이 아니라, 자존심 때문이었다.

아카바네(赤羽)역, 사이쿄선(埼京線)에서 게이힌 토호쿠선(京浜東北線)으로 갈아탄 뒤 오지역에 도착했다. 차창 너머로도 보였지만 아스카야마 공원은 살짝 높은 산으로 이루어져 있었고, 연홍빛 벚꽃으로 뒤덮여 있었다.

남쪽 출구에서 나오자 노면 전차가 달려 지나갔다. 아라카와선(荒川線)이었던가. 꽃구경으로 붐비는 사람들의 흐름에 따라 보도교를 건넜다. 선로 위를 건너 낮은 산의 중턱부터 공원 안으로 들어갔다.

남녀노소 많은 사람들이 지면을 가득 메우고 있었다. 타이키는 문득 하마노 일행이 제대로 자리를 잡았는지 불안해졌다. 애당초 어디에들 있는 거야.

하마노에게 전화를 해보니 "기관차가 있는 곳으로 와."라는 말이 돌아왔다. '아, 기관차가 있었다고 했죠.'하고 혀를 차고 싶어졌다.

굽어진 길을 나아가자 큰 놀이기구가 보였다. 그 너머에 아마도 기관차가 있다. 낡은 차량이 놀이기구로서 설치된 모양이다. 주변을 둘러보자 한쪽 구석에 하마노 일행의 모습이 보였다.

"오, 왔구나."

하마노가 손을 들었다.

"안녕, 누마."

그렇게 말하고 드러누워 있는 거한은 타케오 선배였다. 이미 어느 정도 취한 것처럼 보였다.

"하마노랑 둘이서 계속 자리 잡고 있었어. 괴로웠다고."

"선배는 마시기만 했잖아요."

"자리를 지키고 있던 거지, 자리를 말이야."

"자리는 됐고, 그 자라 같은 몸이나 좀 어떻게 해보시죠."

타케오 선배가 하마노에게 그라운드 기술을 걸려고 하자 하마노가 쑤욱 빠져나간다.

"수고했어."

후우가 말을 걸어왔다. 평소에도 적당히 진한 화장이었지만, 오늘은 붉은색 볼터치가 평소보다 더 진해 보였다.

수고는 전혀 하지 않았지만 "으응." 하고 대답했다.

"사나는 지금 장 보러 갔어. 슬슬 오지 않을까."

1분도 지나지 않아 카시이와 오야마다가 봉투를 들고 나타났다.

"있었냐."

"뭐야, 너도 온 거야?"

"오면 안 돼?"

오야마다와 서로 작게 쏘아붙인다.

"엥?"

낌새가 이상했는지 후우가 시선을 이쪽으로 향했다.

"아무것도 아냐. 자 후우카, 매실주."

오야마다가 매실주 캔을 던졌다.

"멍청아, 던지지 마."

"후우, 일기는 언제 쓴 거야?"

카시이가 휴대폰을 보여줬다. SNS의 일기 페이지 같았다. 여기서 보이는 벚꽃 사진이 올라와 있었다.

"아까 대충 썼어."

후우가 캔 마개를 따면서 말했다.

서서히 멤버가 모일 즈음부터는 사람이 하나 추가될 때마다 건배를 했다. 근처 피자집의 판매원이 찾아와서 피자를 샀고, 타케오 선배가 가져온 니가타(新潟)산 일본주를 열었다. 날이 저물고 나서는 후우가 가져온 미니 가스레인지로 마시멜로를 구워 먹었다.

그저 이야기하고, 마시고, 이야기하고, 웃었다. 오야마다와는 가끔씩 서로 노려봤다.

밤이 되고도 한참이 지났을 무렵, 문득 정신을 차리니 카시이가 자리에서 일어나 머리 위의 벚꽃을 휴대폰으로 찍고 있었다. 모두들 이제 꽃 같은 건 보고 있지 않은데도, 홀로 지그시 꽃을 올려다보는 카시이. 그때 불어오는 차디찬 밤바람과 그녀의 옆모습이, 타이키의 뇌리에 깊게 박혔다.

10

해산은 8시가 지나갈 무렵이었다.

오지역으로 가려고 하는 타이키를 카시이가 불러 세웠다. 샤쿠지이가와 강변을 따라 걸어가면 이타바시(板橋)역 근처까지 갈 수 있는 모양이다.

"우리 집 이타바시니까 도중까지 같이 가지 않을래?"

타이키는 물론 같이 걷겠다고 했다.

해산 직전의 흐지부지한 무리에서 훌렁 빠져나와, 단둘이서 강변을 걸었다.

인기척이 없는 길이었다. 벚나무가 어디까지고 이어졌다.

울타리 너머 꽤 낮은 곳에서 강이 흐르고 있었다. 지금은 벚꽃 잎이 어두운 수면을 메우고 있다. 하나, 둘 띄워 놓은 듯한 간격으로 벤치가 설치되어 있었지만, 앉아있는 사람은 아무도 없었다. 타이키와 카시이도 앉지 않았다.

“사쿠라 씨 일 알고 있었지?”

두 번째 다리를 지날 때, 타이키는 어제의 이야길 꺼냈다.

“따로 사귀는 사람들이 있다는 얘기?”

“응.” 하고 타이키는 끄덕였다.

“알고 있어. 사람 수는 더 많지만, 나랑 똑같은 방식이지.”

무리해서 말하는 것 같진 않았다. 강이 상류에서 하류로 흐르듯 자연스럽게, 카시이는 사쿠라의 행위를 받아들이고 있었다.

“사쿠라 씨는 성실하고, 모두에게 친절하니까.”

“오야마다는? 카시이에게 심한 말 했잖아.”

카시이가 "풋" 하고 웃었다.

"그것도 피차일반이야. 그 애에겐 왠지 하고 싶은 말 다 할 수 있게 돼. 욕설을 퍼부어도 똑같이 돌려주거든. 물론 풀 죽고 상처도 입지만, 내가 되받아쳐도 용서해주니까."

녀석은 종종 카시이를 울리기도 하겠지. 타이키는 카시이의 눈물점이 눈물로 젖는 모습을 상상했다.

밤의 벚꽃길은 아무리 걸어도 쭉 이어질 것만 같았다. 이대로 단둘이, 시간이 멈춰버리면 좋겠다는, 그런 로맨티스트 같은 생각이 한순간 타이키의 머리를 스쳐 지나갔다. 하지만 그 직후, 큰 소리로 콧노래를 부르며 자전거 페달을 밟는 아저씨가 뒤에서 튀어나왔다. 세상이 두 사람만의 것은 아니라는 걸 새삼 깨달았다.

한동안 걷자 오른편에 넓은 장소가 나왔다. 특별히 놀이기구가 있는 건 아니었지만, 나름대로 모양새는 갖춘 공원이었다. 카시이는 휴대폰으로 벚꽃 사진을 찍기 시작했다. 대각선 뒤에서 걷고 있던 타이키가 입을 열었다.

"카시이는 나 좋아해?"

뒤를 돌아본 카시이가 휴대폰을 타이키에게 향했다. '찰칵'하고 셔터음이 났다.

"히라누마는 언제 고독을 느껴?"

"응?"

"나는, 예를 들면 영화를 보고 있는데 어느 한 장면이 무척 보기 괴로워. 근데 주변 모두는 웃고 있어. 나 혼자 조금도 웃을 수 없는 거야. 난 울고 싶을 정도인데, 다들 웃고 있어. 그게 웃긴 장면이니까."

그녀의 말투는 피고 지는 벚꽃과도 같이 담담했다.

"전에 얘기했던 영화?"

두 달 전, 열 통 이상 주고받았던 메일. 그때 카시이는 말했다. 작중, 조연 하나가 우스꽝스럽게 죽는 장면에서 주변 모두가 웃는 게 왠지 싫었다고. 웃은 건 카시이의 친구들이었다고 한다. 집에서 술을 마시며 DVD를 본 모양이다. 누군지는 모른다. 오야마다, 혹은 사쿠라와 있었을까.

그 영화는 타이키도 예전에 봤었다. 고등학교 2학년 때였다. 그리고 타이키 역시 그 장면이 싫었다.

"공통점이 있는 건 안심이 되니까."

카시이가 진심으로 안심하는 듯한 어조로 말한다.

타이키는 숨을 크게 들이쉬었다.

"카시이, 나는…… 카시이가 나하고만 사귀어 줬으면 해."

그렇게, 침묵이 태어났다.

활짝 핀 벚꽃길 아래, 희미한 밤바람이 벚꽃잎과 함께 푸른 내음을 흩트렸다. 무대조명과도 같은 어슴푸레한 가로등 빛이 샤쿠지이가와 강변을 비췄다. 그 한구석에 타이키가 우두커니 서 있었다. 불현듯 생겨난 침묵이 주변을 어지러이 감쌌다.

"나만을 선택해줬으면 해."

강한 바람이 나무를 흔들었다.

"미안, 나는……."

보기 드물게 말이 막힌 채, 카시이가 나약하게 미소짓는다.

순간, 타이키는 무언가 납득이 됐다.

"알겠어. 고르지 않아도 돼."

"응?"

"카시이는 모두가 좋은 거지."

'모두가 좋아.'가 어떤 의미인지 타이키는 알고 있다.

아무리 좋아하는 사람이라도, 자신과는 다르다. 아무리 소중히 생각하는 상대라도 자신과는 절대적으로 다른 부분을 가지고 있다. 그게 눈에 보였을 때, 옆에서 웃는 사람과 자신 사이의 어쩔 수 없는 거리를 깨닫게 된다. 과거의 타이키가 그랬듯, 카시이도 같은 이유로 고독해졌던 것이다.

그렇다면 같이 있을 상대가 하나가 아니면 된다. 카시이는 그렇게 믿은 게 분명하다. 진심으로 생각하는 상대가 여럿 있다면. 사쿠라와 엇갈렸을 때 오야마다가 받아준다면. 오야마다에게 상처 입었을 때 타이키가 달래준다면. 고독에 빠지지 않아도 된다.

아무것도 나쁘지 않다.

혼자 남는 비참함에 비하면.

타이키가 처음 카시이를 계단식 강의실에서 의식하게 된 건, 그 옆모습에서 자기 자신이 보였기 때문이다. 여학생들이 그룹을 만드는 사이, 카시이는 혼자서 휴대폰을 만지작거리고 있었다. 수업이 끝나면 바로 이어폰을 끼고 자리를 떠났다.

친구는 후우를 시작으로 조금씩 늘어났다. 하지만 가끔 보이는 외로운 듯한 표정을, 타이키는 알고 있었다. 아마도 타이키만이 알고 있었다.

신경 쓰이는 마음에 줄곧 바라보고 있었다. 그러는 사이 어느새 꼭 붙잡고 싶어질 만큼, 소중하게 느끼게 되었다.

누군가에게 둘러싸여 있는 즐거움, 그 소중함을 타이키는 알고 있다. 그와 동시에 잃는다는 것의 공포도 알고 있다.

“왠지 잘 지낼 수 있을 것 같아.”

쾌활한 어조로 말하는 타이키를, 카시이는 순간 멍한 얼굴로 바라봤다.

“카케루나 사쿠라 씨랑?”

“응.”

“이제 화 안 낼 거야?”

화내지 않는다. 아니, 처음부터 진심으로는 화내지 않았다. 셰어 연애에 대해 들었을 때 그 자리에서 일정표를 집어던지지 않았다. 오야마다가 올 것이라 예상하면서도 타이키는 부푼 기대를 안고 꽃구경에 참여했다.

사람들에게 둘러싸여 이야기할 수 있는 곳. 웃을 수 있는 시간. 타이키는 그것을 원하고 있고, 카시이 또한 그럴 것이다.

그렇기에 타이키는 그 누구보다 카시이와 가까이 있다.

정리가 된 너저분한 생각들. 그 모두를 전하고 싶었지만 타이키는 조용히 바라볼 수밖에 없었다.

“이제 괜찮아. 잘 설명할 수는 없지만.”

부끄러움을 담아 작게 말했다. 그러자 카시이가 타이키의 손을 잡았다. 처음 닿은 카시이의 피부였다.

"어쩐지 알 것 같아."

머리카락에 꽃잎을 얹은 우리들의 여자친구가 말했다.

제2장

영원의 스크롤

1

자전거 페달을 밟을 때마다 코의 근질거림이 커진다. 마치 세트인 듯 눈도 함께 가려워진다. 오야마다 카케루는 마스크를 집에 깜빡 두고 온 것을 후회하며, 꽃가루의 입자를 가르듯이 한껏 속도를 높였다.

대학의 자전거 보관소에 자전거를 밀어 넣었다. 신학기가 시작되고 2주일이 지나, 본격적인 수업이 시작되고 있었다.

학교 건물을 향해 걸어 들어가는데, 눈앞에 마른 체형의 여자가 보였다. 츠루타니 후우카였다.

"후우카."

하고 말을 걸자 그녀가 어깨를 흠칫하며 뒤를 돌아봤다.

"아, 좋은 아침."

"여어."

후우카는 어제까지는 쓰지 않던 마스크를 쓰고 있었다. 카케루가 기억하기로 그녀는 꽃가루 알레르기가 없다.

"웬 마스크. 감기야?"

"늦잠자서 화장 안 했어."

"뭐?"

듣고 보니 눈이 평소보다 한 단계 작은 것 같다.

"아, 보지 마, 보지 마!"

후우카가 고개를 돌리고 과장되게 손을 저었다.

"아니, 관심 없어. 그보다 마스크 남는 거 없어?"

카케루는 콧물을 훌쩍이며 물었다.

"없어."

후우카는 딱 잘라 대답하고 걷기 시작했다.

강의실에 도착하고 카케루와 후우카는 나란히 앉았다. 카케루는 시중에서 판매되는 꽃가루 알레르기약을 먹었다.

"용케 물 없이 마시네."

"누구나 할 수 있는 거 아닌가?"

후우카가 두리번두리번 주위를 둘러봤다.

"오늘 사나는?"

"몰라."

“남자친구잖아.”

“어젯밤엔 아니었어.”

마침 시선이 향한 중앙 문으로 체크무늬 셔츠에 갈색 머리를 한 남자, 히라누마 타이키가 들어오는 모습이 보였다.

“저기, 어젯밤 남자친구 왔네.”

히라누마는 두 사람이 앉은 자리로 다가와 그 뒷자리에 앉았다. 히라누마는 새 학기를 맞아 전공이 다른 사나와 같이 듣는 수업을 늘리고 있었다. 사나와 전공이 같은 카케루와도 필연적으로 같이 있는 일이 늘었다.

“누마, 좋은 아침.” 하고 후우카가 말한다.

“좋은 아침. 어, 마스크 썼네.”

“실은.” 하고 말을 이어가려던 후우카였지만, 그전에 눈치챈 히라누마가 “앗” 하고 웃었다.

“아, 무슨 일인지 알았어.”

“그나저나 사나랑 같이 있던 거 아니야?”

카케루는 고개를 갸웃거리며 히라누마에게 물었다.

“감기 걸렸대. 약간 열이 있는 모양이야.”

“진짜? 그러고 보니 어제 목 아프다고 했었지.”

하고 후우카가 말한다.

“다음 주가 아니라서 다행이겠네.”

히라누마는 따분하다는 투로 카케루에게 말했다. 다음 주는 카케루가 남자친구인 날이었다.

"오늘은 사쿠라의 날이었나."

"응. 메시지 보내놨어. 사쿠라 씨니까 무리하게 하지 않고 취소하겠지."

"아니, 그 녀석이라면 사나 집으로 병문안 가겠지. 죽 같은 거 만들어서."

쉽게 상상이 됐다. "사쿠라 씨는 요리도 잘해."라고 사나가 자주 자랑했었다.

"그렇구나."

감탄한 듯이 끄덕이는 히라누마에게 "너는." 하고 카케루가 말을 이었다.

"어젯밤도 같이 안 잔 거냐."

히라누마가 당황한 표정을 지었다.

"그도 그럴 게 감기 기운이 있었으니까. 저녁도 안 먹고 해산했지."

"어제는 뭐 했는데?"

"볼링장 갔다가 오락실 갔어."

"얼마 전엔 노래방이랑 술집이었지? 진도 나갈 생각 없냐?"

"나는 나대로의 속도가 있으니까."

"한 달이나 지났는데, 참 빠르네."

그렇게 코웃음 치자, 발끈한 히라누마가 날 선 목소리로 대답했다.

"신경 좀 꺼줄래?"

"그렇지만 사나는 네 우유부단함에 질려 있을지도 몰라."

"그럴 리 없어."

강한 어조로 단언하는 히라누마에게, 카케루는 바로 되받아쳤다.

"그걸 어떻게 알아? 누누히 말하지만 내가 너보다 안 지 훨씬 오래됐다고."

"그래. 오래 안 주제에 배려가 부족하지."

"뭐?"

"시끄러워~" 후우카가 나른한 목소리로 두 사람 사이에 끼어들었다. "지루한 학원 드라마는 밖에서 찍어."

"실례했습니다."

카케루가 교과서 읽듯이 말하고, 히라누마도 얌전히 공책을 꺼내 수업 준비를 하기 시작했다. 카케루는 내심 후우카가 고마웠다. 좋은 타이밍에 끊어줬기 때문이다. 꽃가루 알레르기 탓도 있겠지만, 자꾸 이상하게 말에 가시가 돋쳤다.

"교수님 오기 전에 눈화장이라도 하고 올까."

손거울을 보며 후우카가 투덜거렸다. 그러는 사이 교수님이 들어오고 말았다.

"하루 정도는 괜찮잖아."

"말도 안 돼."

'화장을 하지 않아도 신경 쓰지 않는 사나와는 정반대구나.'하고 카케루는 생각했다. 그렇기에 오히려 친구로서 있을 수 있는 걸지도 모른다. 카케루도 사나와는 닮지 않은 구석뿐이다.

"누마. 너, 사나의 어디가 좋아?"

무의식적으로 나온 질문이었다. 입에 담고서야 괜한 걸 물었다고 후회했다.

"꽤 직설적인 걸 물어보네."라며, 히라누마는 반웃음을 지었다.

'딱히 대답하지 않아도 돼.'하고 얼버무리려는데 먼저 대답이 나왔다.

"닮은 곳이 있어서."

"너랑 사나가?"

히라누마는 이상하게 진지한 얼굴이었다.

"어렴풋이 그렇게 생각하는 거지만."

"뭐야, 그게."

"꼭 그게 아니더라도 상냥하잖아."

그러고는 왠지 모르게 얼버무리는 듯한 말투로, 히라누마는 최근 본 사나의 배려 이야기를 펼친다.

그 이야기를 흘려들으며, 카케루는 조금 초조한 기분이 들었다.

2

처음 사나와 만난 건 1학년 때였다. 그날, 카케루는 대학 근처 커피 체인점에 들어갔다. 먼저 계산을 한 뒤에 주문한 것을 받는 형식이었다. 천 엔 지폐를 건네자, 여성 점원이 말했다.

"정보학A 수업 있잖아요, 다음 주까지 리포트 제출해야 한대요."

카케루는 순간 멍했다가, 자신에게 하는 말이라는 걸 깨달았다.

"네?"

점원은 마치 친한 친구와 얘기하듯이 술술 말했다.

"정보학A요. 어제 수업 안 나왔죠? 35페이지 정리를 다음 주까지 해오라는 과제가 나왔어요. 무단결석한 사람에게는 가르쳐 주지 않다니, 심술 궂죠."

"혹시 같은…… 학교?"

점원은 '앗' 하는 표정을 짓고 부끄러운 듯이 웃었다.

"네, 맞아요. 카시이 사나에요. 같은 수업 듣고 있어서."

"아, 그렇구나……."

카시이 사나라고 이름을 댄 점원의 옆으로 시선을 향하자, 점장으로 보이는 남성이 곤란한 얼굴을 하고 서 있었다.

사나도 눈치챘는지, 서둘러 카케루의 손에 잔돈을 건넸다.

"미안. 손님 밀려있어서."

반사적으로 사과하고 커피를 손에 들어 자리에 앉았다. 점장이 무슨 일이냐고 말해왔지만, 사나는 혀를 보이며 미소지어 보였다. 카케루는 마지막에 갑작스레 섞인 사나의 반말에 조금 동요했다.

그날은 줄곧 카운터를 힐끗힐끗 보고 말았다. 그렇지만 분주히 일하는 사나와 카케루가 눈이 맞는 일은 없었다.

사나와는 다음 날, 학교에서 다시 만났다. 정확하게는 여러 수업을 같이 듣고 있었지만, 지금까지 사나의 존재를 몰랐던 것이다.

한 수업에서 사나에게 말을 걸고 옆자리에 앉았다. 먼저 과제를 알려준 감사를 전했다.

"근데 어떻게 절 알았어요?"

"응?"

"대화한 적도 없는데."

사나는 카케루의 토트백을 가리키며 "레몬 스컬." 하고 웃었다. 레몬 스컬은 카케루가 고등학생 때 빠진 밴드로, 카케루의 토트백은 라이브 굿즈였다. 그다지 유명한 밴드는 아니었다.

"레몬 스컬 좋아하세요?"

"응. 데뷔할 때부터 듣고 있거든."

"와. '될 대로 돼라'도?"

그건 명곡이라며 사나가 눈을 반짝였다.

"그래서 오야마다가 신경 쓰였어."

"네?"

"레몬 스컬 좋아하는 사람 중에 나쁜 사람은 없으니까."

웃는 얼굴이었지만 농담은 아닌 듯했다. 거의 첫 대면이

나 다름없는 대화에서 이런 말을 들어본 적은 없었다.

"뭐랄까, 사차원이라는 말 자주 듣지 않아?"

존댓말은 필요 없다고 판단하고 그렇게 물었다. 사나는 미간을 찌푸리며 카케루를 바라봤다.

"어떻게 안 거야?"

쌍꺼풀 없는 눈, 아니 속 쌍꺼풀일까. 빨려 들어갈 듯한 신비한 눈이었다.

"그렇게 이상한 사람으로 보여?"

당황한 그 모습에, 카케루는 자신도 모르게 웃음이 나왔다.

"진짜 이상한 사람."

"짜증 나. 이상한 사람이라고 한 사람이 더 이상한 사람이니까."

사나는 그 말과는 상반되게 즐거운 것 같았다. 카케루도 즐거운 감정을 느꼈다.

그해 가을, 두 사람은 사귀기 시작했다.

3

점심시간, 카케루는 부실동으로 향했다. 카케루는 경음

악 서클 'SSY'(무엇의 약칭인지는 모른다.)에 소속되어 있었다. 열심히 활동하는 멤버 외에는 큰 라이브가 3달에 한 번 정도밖에 없었고, 카케루도 마찬가지였다. 서클은 그저 휴게소를 확보하고 싶다는 이유로 들어갔을 뿐.

부실 앞에 도착했을 때, 문이 열렸다. 안에서 나온 건 하마노였다.

"오. 안녕."

하고 말을 걸자 하마노가 깜짝 놀란 얼굴로 달려왔다.

"잠깐 할 얘기가 있는데."

"응?"

전에 없이 진지한 분위기로 목소리를 죽이고 있었다.

"어제 말이야, 카시이가 누마랑 같이 걷고 있는 걸 봤어. ……손을 잡고서."

"엇."

"그래서, 누마랑은 오래 알고 지낸 사이니까 두고 볼 수 없어서 사정을 물어봤어. 그랬더니 엄청 당황하고는, 카케루도 알고 있으니까 괜찮다면서 도망가 버리더라."

'아, 귀찮게 됐네.'하고 생각했다.

하마노는 카케루와 사나가 사귀고 있는 건 알고 있었지만, 셰어 연애에 관해서는 말하지 않았기에 모른다. 친구 중 이런 사정을 알고 있는 건 후우카 정도뿐이었다. 히라누마가 이 관계에 더해지고 나선 특히 학교 사람들에게 목격되지 않도록 주의하고 있었다. 대부분의 친구들은 분명 우리의 연애 방식을 듣게 되면 당혹감을 가지리라.

뭐, 잘 얼버무리지 못한 히라누마를 나무라는 것도 너무 가혹하다. 목격되어버리면 어찌할 방도가 없겠지.

둘이서 흡연소로 이동했다. 친구 중엔 흡연자가 적었기에, 하마노는 귀중한 존재였다.

사나와 카케루, 히라누마, 사쿠라 간의 '셰어'에 대해 설명을 마쳤다. 하마노는 길게 늘어진 담뱃재를 재떨이에 떨어트렸다. 비판을 받아도 어쩔 수 없다고 각오하며 담배 연기를 내뱉었다.

"그거, 마지막에는 어떻게 되는 거야?"

하마노의 첫 마디가 예상치 못한 말이어서 카케루는 "뭐?" 하고 반문했다.

"그런 연애, 본인들이 괜찮다면야 문제없다고는 생각하는데, 언제까지고 이어갈 수는 없잖아? 마지막에는 한 사람으로 줄이던가, 모두와 헤어지지 않으면 말이야. 그러니까 기한 같은 게 있나 싶어서."

"기한?"

생각해 본 적이 없던 건 아니다. 언젠가는 끝나리라고 마음 어디선가는 생각하고 있었지만, 이렇게 정면으로 질문을 받으니 역시 대답하기 곤란했다. 구체적인 종료 기간 같은 건 설정하지 않았다. 애초에 처음부터 끝을 정해두는 연애 같은 건 보통 없으니까. 그렇지만, 애당초 셰어 연애를 '보통'이라고 할 수 있는 걸까. ……아니다.

"만약 다른 두 사람보다 사나를 진심으로 사랑한다는 확신이 있다면, 제대로 잡아두어야 한다고 생각해. 잃고 나서는 너무 늦고."

"꽤 진지하게 얘기하네."

"당연하잖아. 난 카케루와 카시이가 막 사귀기 시작했을 때부터 응원하고 있으니까."

"괜찮아. 잘하고 있으니까."

하마노는 정색하고 있었다. 진심으로 걱정해주는 듯했다. 카케루는 가볍게 흘리기 힘들어져서 시선을 피했다. 하마노는 '후우'하고 숨을 내뱉었다.

"뭐, 그런 거라면 괜찮겠네. 개운해졌어."

하마노는 후련한 듯이 말하고, 담배를 버린 뒤 안경을 썼다.

"응? 새로운 안경이야?"

"자주 가던 잡화점이 폐점 세일을 하고 있어서 사버렸어. 패션 안경이야."

"안경 안 써도 괜찮구나?"

"렌즈 끼고 있어."

"도대체 몇 번을 꼬는 거야."

카케루는 담뱃불을 비벼 껐다. 뭐, 우리와 사나의 관계 정도로 꼬여있진 않나.

학교에서 돌아가는 길에 살 게 있어서 이케부쿠로로 향했다. 자전거를 역 동쪽 출구의 자전거 보관소에 세우고 선샤인 거리 방면까지 걸었다. 여전히 코는 근질거렸다. 카케루는 참지 못하고 도중에 약국으로 들어갔다.

마스크를 사고 나오자, 눈앞의 공원에 한 쌍의 커플이 보였다. 여자가 손을 흔들고 떠나간다. 키가 큰 정장을 입은 남자가 손을 흔들고 벤치에 앉았다. 문득 그가 고개를 들었을 때, 말을 걸까 망설이던 카케루와 눈이 맞았다. 둘 다 '오' 하는 입모양으로 입을 열었다.

"학교에서 돌아가는 길이야?"

사쿠라 하루히토가 생긋 웃고 안경에 손을 대었다.

카케루도 벤치로 다가가며 따라 웃었다.

"그쪽은 데이트 막 끝난 참?"

"그렇지." 사쿠라는 손에 들고 있던 수첩을 닫았다. "사나와의 일정이 비어버렸으니 밤까지 있어도 괜찮았지만."

상대방이 일이 있던 모양이다.

카케루는 여자가 걸어간 방향을 바라봤다. 전에 이탈리아 레스토랑에서 본 상대와는 분명히 다른 사람이었다. 그렇지만 어디선가 본 듯한 얼굴. 연예인 중 누군가와 닮았을지도 모른다.

"아주 줄줄이 여자를 데리고 다니네. 내게도 그 카사노바 스킬을 전수해달라고."

"스킬이라 할 것도 없어. 예를 들어 카페에 귀여운 점원이 있으면 솔직하게 귀엽다고 말해. 이 반숙 달걀 샌드위치 맛있네요. 아, 이 바게트는 다음에 올 때 주문할게요. 그때는 될 수 있으면 당신이랑 같이 먹고 싶네요. 이렇게 말이야."

토하는 시늉을 하고 카케루가 말했다.

"그런 거 대부분은 질색한다고."

"신기하게도 난 괜찮더라. 모두 내게 끌려와."

"지금 살의가 들었어. 티끌 한 점 없는 깨끗한 살의가."

살짝 쓴웃음을 지으며 사쿠라는 수첩을 안 주머니에 넣었다.

"뭐, 지금 말한 건 반 정도 농담이야. 슬슬 돌아갈까."

"사나 병문안 가면 되잖아."

"그러면 사나가 신경 쓰게 되니까."

사쿠라가 어깨를 들썩이는 제스쳐와 함께 대답했다. 이런 오글거리는 행동이, 그렇게 보이지 않고 오히려 어울린다는 게 화가 난다.

"사쿠라."

카케루가 자리에서 일어난 사쿠라를 불러 세웠다.

"우리의 이런 관계가 언제까지 이어질지 생각해본 적 있어?"

사쿠라가 눈썹을 올렸다.

"갑작스럽네. 왜 그래."

"그냥, 좀."

"흐음?" 사쿠라가 팔짱을 꼈다. "조만간 끝나겠지. 아마 내가 가장 먼저 사나에게 차일 거야."

"뭐? 어째서?"

카케루는 깜짝 놀라 사쿠라의 얼굴을 뚫어지게 쳐다봤다. 사쿠라는 개운한 표정을 짓고 있었다.

"그게 가장 쉽게 상상되니까."

"그렇게 되면 어떡할 건데."

"물론 깨끗이 포기하고 사나 앞에서 사라질 거야. 기한이 끝난 사랑에 집착하는 건 꼴사납기도 하고."

사쿠라는 하늘을 보고 있다. 아니, 선샤인 60*을 바라보는지도 모른다.

"각오는 하고 있어."

그 한마디를 남기고, 사쿠라는 멀어져간다.

4

쇼핑을 끝낸 카케루는 집으로 돌아갔다. 방에 들어가 깔아둔 이불에 누웠다. 텔레비전을 켜고, 아무 생각 없이 복근운동을 시작했다. 금방 힘들어진다. 중학생 때는 좀 더 가볍게 할 수 있었는데.

어린 시절, 카케루는 발이 빨랐다. 무슨 이유에선지는 모르지만, 발이 빠른 남자는 평균보다 인기가 많아진다. 그래서 초등학생 때, 카케루에게는 주변의 여자들이 자주 말을 걸어왔다. 중학생이 되고 나선 육상부에 들어갔다.

* 도쿄도 도시마구 이케부쿠로에 있는 초고층 빌딩이다.

발이 빠르니까 대회에서 활약할 수도 있고 내신에도 좋다는, 부모님의 아주 적당한 말을 진심으로 받아들여 입부했던 것이다.

당연하게도 자신보다 발이 빠른 동급생이 산처럼 쌓여 있었기에, 성과는 그다지 올리지 못했다. 그러나 여자와 이야기하는 것에 대해 저항이 없다는 점은 변하지 않았다. 위로 두 누나가 있었던 것도 컸으리라. 사춘기 특유의 거리감이 감도는 중학교 생활에 있어서, 카케루는 여자와 스스럼없이 교류하는 편이었다. 인격의 토대는 중학교 때 완성된다고 누군가가 말했다. 바로 그 말대로라고 카케루는 생각한다.

고등학교 1학년 때, 카케루에게 여자친구가 생겼다. 첫 여자친구는 같은 반의 스타일이 화려한 아이였다. 여름방학이 시작되기 전에 고백을 받아, 2학기 개학식 전날에 차였다.

진심으로 놀랐고, 화도 치밀어 올랐다. 여름 방학 때 같이 간 디즈니랜드나 불꽃 축제에서 카케루가 그녀보다 돈을 더 많이 냈다는 이유도 있었다. 이러면 단지 이용당했을 뿐이지 않은가.

하지만 머지않아 분노가 식었다. 남처럼 아무렇지 않게

교실에서 지내는 그녀를 보며, '아, 여름을 즐겁게 보내고 싶었을 뿐이었구나.'하고 카케루는 이해했다. 그렇게 생각하니 이별한 것에 대해 내심 안심이 됐다. 말이 많은 성격이어서 편하게 대할 수 있었지만, 친구나 가족의 험담이 잦아 싫증이 나 있었다.

두 번째 여자친구는 고등학교 1학년 겨울에 만났다. 다른 학교에 진학해있던 중학교 시절 동급생이었다. 동창회 노래방에서 재회해, 실은 그 당시 마음에 두고 있었다고 고백받은 뒤로 사귀게 되었다. 첫 경험은 그녀와 가졌다. 온화한 아이였지만, 3개월이 채 지나지 않아 문자로 이별을 통보받았다.

'역시, 학교가 다르면 힘들지? 그리고 실은 우리 둘 다 그런 의미로 좋아했던 게 아니잖아?'

그게 마지막 문자였다. 어이가 없었다. '아니잖아?'라는 의문형으로 남자를 차는 그 기술에 혀를 내둘렀다.

'자신은 진지했는데 대체 무엇이 문제였을까.'라는 생각에 이삼일은 풀이 죽어있었다. 그러나 나흘째부터는 '그런 의미로 좋아한 게 아니었다.'라는 게 어쩌면 맞는 말일지도 모른다고 마음 정리가 되어있었다.

그 뒤로도 단둘이 놀러 나갈 여자사람친구는 여럿 있었

다. 어렴풋이 좋아하는 마음을 비치거나 고백을 했다가 거절당한 적도 있다. 그럴 때마다 카케루는 상처를 입거나 상대를 원망하기도 했지만, 며칠 만에 마음을 깔끔하게 정리할 수 있었다.

분명 언제나 '기한'이 정해진 사랑이었다.

사나에 대해서도 이별이 찾아오면 금방 정리할 수 있으리라. 자신의 연애 뇌는 그렇게 이루어져 있다.

35회 복근운동을 이었을 때, 카케루는 위를 향해 누워 그렇게 생각했다.

텔레비전에선 버라이어티 방송의 엔딩 크레딧이 흐르고 있었다. 코미디언들이 흥겨운 토크를 끝내고 "다음 주에 또 봐요."를 전한다. 자연스레 웃을 수 있는 시간이 끝나는 것이다.

5

다음 날 오후 수업에 사나가 복귀해 있었다. 평소와 같은 자리에 나란히 앉았다.

"걱정 끼쳐서 미안해."

"이제 괜찮은 거야?"

“괜찮아. 카케루와의 데이트는 문제없어.” 오늘부터 내일 오전까지는 카케루가 남자친구인 날이었다. “기쁘지?”

카시이가 반짝이는 눈동자로 카케루를 바라본다. 카케루는 마스크를 젖히며 쌀쌀맞게 말했다.

“감기 도질 수도 있으니까 데이트는 그냥 쉴까.”

“뭐?! 대파 많이 먹었으니까 괜찮아!”

“그게 무슨 믿음이야.”

“감기 걸리면 보통 대파잖아?”*

“앗, 숨 쉴 때마다 대파 냄새나.”

일부러 마스크를 고쳐 쓰며 말했다. 사나는 충격받은 표정을 지었다.

“거짓말이지?”

그리고는 ‘하아아아’하고 카케루에게 숨을 내뱉었다.

“그렇게 하기 있냐!”

“이히히, 대파(大破) 시켜버렸다.”

“그걸 개그라고 하는 거야?”

“실례합니다.”

둘 다 놀라 고개를 돌리자 뒤에 후우카가 서 있었다. 오늘은 제대로 화장을 하고 왔다.

---

* 일본에서는 감기에 걸렸을 때 대파를 목에 두르면 낫는다는 민간요법이 전해진다.

"앗, 후우 좋은 아침."

"좋은 아침. 이제 괜찮아?"

"응. 아, 근데 나 대파 냄새난대."

"그 대화는 듣고 있었어. 괜찮아. 아무 냄새 안 나니까."

사나의 옆이 비어있었지만 후우카는 두 사람의 뒷자리에 앉았다.

"잘 거니까 나 좀 숨겨줘."

"아르바이트하고 온 거야?"

"그렇지 뭐."

후우카는 하품을 하고 책상에 엎어졌다.

"나도 슬슬 새 아르바이트 찾아야 하는데, 후우가 알바하는 곳은 자리 없어?"

사나의 말을 듣고 카케루는 잠시 후우카가 일하는 곳에 대해 생각했다. 분명 작은 잡화점에서 일했던가.

"안 돼." 하고 후우카가 매정하게 답했다. "조만간 문 닫으니까."

"응? 그렇구나. 그…… 나츠코 씨가 하고 있는 곳이지?"

"응."

"나츠코 씨가 누구야?"

카케루의 물음에 사나는 "멋진 점장님."이라고 설명하

곤, 턱을 괴며 중얼거렸다.

"그렇구나, 역시 스스로 찾아야지."

"하고 싶은 일은 있어?"

"음……. 경비원?"

진지한 얼굴로 말하는 사나에게 "생각 고쳐." 하고 정색하며 대답한 뒤, "그러고 보니 하마노한테 우리 관계 얘기했어."라고 이어 말했다.

"헤에. 하마노도 몰랐구나."

참 태평스러운 대답이 돌아와, 카케루는 한숨을 쉬었다.

"너랑 누마의 데이트를 본 모양이야."

"뭣, 어디지."

어째선지 두리번거리며 주변을 둘러보는 사나의 머리를 가볍게 쳤다.

"조심 좀 해. 이상한 소문 내는 녀석도 있으니까."

머리를 문지르며 사나는 싱글벙글 웃었다.

"우리 신경 쓸 정도로 한가한 사람은 그다지 없을걸. 카케루는 너무 걱정이 많단 말이야. 그러다 머리 벗겨진다? 그렇지?"

사나가 후우카를 향해 말했지만 후우카는 이미 자고 있

는지 반응이 없었다.

"안 벗겨져." 하고 다시 한번 사나의 머리를 살짝 쳤다.

6

카케루는 5교시 수업이 끝나고 부실동으로 향했다. 동 앞 광장에는 팝송에 맞춰 댄스 연습을 하는 무리가 있었다.

그 옆 책상에는 카메라를 목에 건 사람들이 지도를 펼쳐 보고 있었고, 계단 뒤편에서는 두 남자가 대본을 손에 들고 대사 연습을 하고 있었다.

'역시 대학 캠퍼스는 잡탕이구나.'하고 새삼스레 느꼈다.

부실 앞에 도착했을 때 발을 멈췄다. 문 앞에 몸집이 작은 남자가 고개를 숙이고 있는 게 보였다. 부원은 아니었다. 남자는 카케루의 존재를 눈치채고는 흠칫흠칫 얼굴을 올려다봤다. 팔랑거리는 검은 셔츠와 베이지색 치노 팬츠. 언뜻 보기에 칙칙한 인상이었다.

"무슨 일?"

마치 사전에 적힌 '주뼛거림'을 몸으로 표현이라도 하듯 갈팡질팡하고 있는 남자는, 코와 입이 컸고 거뭇거뭇한 수염 자국이 나 있었다.

“저기 그.” 카케루는 귀찮다고 생각하면서도 최대한 상냥한 목소리를 만들었다. “우리 중 누군가한테 볼 일이 있니?”

문을 가리키며 묻자, 상대방은 고개를 떨었다. 끄덕인 건지 아닌 건지 알 수 없었다.

“혹시 견학하러 온 거야?”

“이, 이거.”

겨우 상대방으로부터 얇은 목소리가 나왔다. 그리고서 상대방은 가방에서 투명한 봉지에 든 손수건을 꺼냈다.

카케루는 그걸 보고 눈을 끔뻑였다. 사나의 손수건이었다.

“……저, 차를 흘려버려서, 그런데 옆 사람이 줘서…… 이름은 모르지만 돌려줘야 한다고…… 생각했어요…….”

간신히 짜낸 듯한 설명에 카케루는 귀를 기울였다.

“우, 우연히 그 사람이 이 부실에 들어가는 걸 봤어요. 어제…… 그래서, 그.”

“아, 아는 사이야. 전해줄게.”

카케루는 이야기를 끝내듯이 손수건을 건네받았다.

“뭐 전할 말 있어?”

“……감사하다고…….”

"그 외엔?"

이번엔 확실히 부정하는 의미임을 알 수 있을 만큼 고개가 흔들렸다.

"그래, 그럼."

카케루가 그렇게 말하자 상대방은 발 빠르게 자리를 떠났다. 이름은 듣지 못했지만, '뭐 괜찮겠지.'하고 생각했다.

부실에 들어가자 기타를 치는 하마노와 타케오 선배, 즉 타케다 요시오가 있었다. 타케오 선배는 10년 정도 전에 유행한 밴드의 노래를 부르고 있었다. 겉모습과 다르게 고음의 미성은 여전하다.

"오, 안녕."

카케루를 발견하고 두 사람이 연주를 멈췄다.

"안녕."

타케오 선배가 콧숨을 거칠게 내쉬며 일어났다.

"카케루, 같이 프로가 되지 않을래."

"현실도피인가요."

"도피가 아니야! 난 진지하다고."

책상 구석에 쓰고 있던 이력서가 눈에 들어왔다.

"선배 거잖아요."

"저건 그냥 종이 쓰레기야. 저런 건 신경 쓰지 말고 같이 프로를…….”

“밤새 썼는데, 마지막 지망 동기 쓸 때 글자를 잘못 썼대.”

하마노가 쓴웃음을 지었다.

“수정액 쓰면 안 돼? 엄격하네.”

“선배들이 여길 떠나는 날이 가까워지나 봐.”

“사회로 떠나가는구나.”

“들어라!”

타케오 선배가 기타를 지기징 울리며 외쳤다.

“라이브를 하자! 사회의 거친 파도와 싸우자!”

“참 애처롭네.”

“패전 분위기 장난 아닌데.”

절규하는 타케오 선배를 하마노에게 맡기고 안쪽 창가로 갔다. 소파에 앉아 주머니의 손수건을 꽉 쥐었다.

7

사나와 만나서 함께 그녀의 맨션으로 향했다.

오늘 세미나에서 발표를 진행했던 사나는 지친 기색이 역력했고, 그런 그녀를 위해 카케루가 요리를 하겠다고 말을 꺼냈다.

"와아" 하고 기뻐하는 사나에게 먹고 싶은 음식을 물었다.

"음……. 비프 스트로가노프."

"그게 뭐야. 엄청 만들기 어려워 보이는데."

"러시아 요리. 어려운 건 이름뿐이야." 사나가 침대에서 뒹굴뒹굴하며 말했다. "근데 딱히 먹고 싶은 건 아니야. 그냥 비프 스트로가노프라고 말해보고 싶었어."

"뭐?"

카케루는 일단 주방에서 이런저런 주방기구를 꺼내 늘어놓았다.

"뭔가 멋지지 않아? 카케루도 말해봐."

"비프 스트로가노프."

"그렇지?"

"비프 스트라디바리우스라고 뭐 있지 않았나?"

"그건 앞의 비프 빼고. 엄청 비싼 바이올린이야."

"그래서 뭐 먹고 싶은데."

"파스타."

"범위가 너무 넓은데."

조리대의 밑에서 파스타를 꺼내고 가스 불 위에 냄비를 올렸다. 그리곤 사나를 등지고 양파를 썰기 시작했다.

"있잖아." 카케루는 아무렇지도 않은 듯이 말을 꺼냈다.

"그, 왠지 친구 없어 보이는 1학년 남자애한테 손수건 건넨 적 있지."

"응? 아, 응."

오늘 손수건을 건네받고, 전에 히라누마로부터 들은 '배려 이야기'가 떠올랐다.

……라운지에 혼자 앉아있던 1학년이 있었는데, 차를 흘려서 근처에 앉아있던 카시이가 스윽 하고 손수건을 건넸거든. 전혀 모르는 상대한테 말이야.……

식칼을 내려놓고 보글보글 끓어오르는 물에 소금을 훌훌 뿌렸다. 가스레인지는 역시 물이 끓는 게 빠르다. 전기레인지를 쓰는 카케루의 집에선 데워질 때까지 훨씬 시간이 걸렸다.

양파 썰기를 재개하려고 했을 때, 눈가에 눈물이 번졌다. 꽃가루 알레르기도 그렇고, 양파도 그렇고, 생각지 못한 것에 자꾸 눈물이 나오는구나 싶다.

"부실에 돌려주러 왔었어. 고맙대."

"그랬구나. 이름 들었어?"

"아니."

카케루가 부정하자

"만나고 싶었는데." 하고 아쉽다는 듯이 사나가 말했다. "얘기해보고 싶었어."

식칼이 미끄러져 양파가 도마 위에서 떨어졌다.

"정도를 지킬 줄 모르냐?"

자신의 목소리가 갑자기 거칠어진다.

"정도?"

마치 의미불명이라고 말하는 듯한 사나의 목소리. 뒤돌아서 침대에 앉아있는 그녀에게 다가가 주머니에서 꺼낸 손수건을 던졌다.

"또 남자 낚으려고 했지?"

"아니야!" 손수건을 주운 사나가 목소리를 높였다. "그럴 생각 없었어."

"설득력 없어." 카케루는 차가운 목소리로 말했다. "셰어는 괜찮지만, 사람은 좀 잘 골라. 이상한 남자랑 엮여서 귀찮게 되면 어쩔 거야? 머리 좀 써."

"왜 말을 그렇게 해? 왜 그렇게 항상 내 얘기 안 믿어줘? 난 그저 사람들과 잘 지내고 싶은 건데 금방 화내고."

사나가 가시 돋친 목소리로 말했다.

하아, 또 똑같은 전개구나. 그렇게 이성적으로 이 상황을 보고 있는 자아가 카케루의 안에 있었다. 하지만 멈출 수 없었다.

카케루는 혀를 차고 주방으로 돌아가 가스 불을 껐다.

"다시 한번 말하지만, 설득력 없다고. 모처럼 저녁 만들어주려고 했는데 쓸데없이……."

"그런 말 할 거면 안 만들어도 돼. 비켜, 내가 만들게."

"그럼 돌아간다."

사나의 눈동자가 움직인다.

"이럴 거면 뭐하러 온 건데."

"네 탓이잖아!"

카케루는 소리쳤다. 사나가 그런 카케루를 노려봤다.

"제대로 이야기하려고 하지도 않으면서 항상 이래."

화가 난 사나의 떨리는 목소리를 들으며 방을 가로질렀다.

"항상 같은 걸 반복하는 게 누군데. 학습 좀 하라고."

신발을 신고 발 빠르게 방을 나섰다. 쾅 하고 문을 닫았다.

밤길을 걸어 샤쿠지이가와에 걸쳐져 있는 다리 난간에 기대었다. 담배에 불을 붙였다. 마지막 한 개비였다. 연기를 뿜고 시선을 위로 향했다. 내려온 길의 옆에 관음상이 있었다. 비교적 최근에 건립되어 이상한 존재감을 내뿜는 관음상이었다. 이름은 '야츠 대관음'이라는 것 같다. 처음 사나의 집에 찾아갔을 때, 카케루는 이 관음상에 놀라고 웃었다. "왜 이런 곳에 대불상이 있는 거야." 하고 말이다.

사나는 그렇게 웃는 카케루를 실례라며 어째선지 진지하게 혼냈다. 그리고 사나는 "이런 게 있는 것만으로도 안심이 되잖아."라고 말했다. "'이런 게'라고 말하는 것도 실례라고." 하고 딴죽을 걸었던 기억이 있다.

하지만 지금은 이 다리와 강물 소리, 관음상이 있는 경치가 카케루에게는 당연함이 되어있었고, 그래서인지 볼 때마다 기분이 안정되었다. 모든 게 사나와 지내는 일상의 경치, 그 일부가 되어있기 때문이리라.

한 달 정도 전에도 큰 싸움이 있었다.

그날은 카케루가 세미나의 리포트를 교수에게 통렬하게 비판받은 날이었다. 사나가 푸념을 들어줬으면 했다. 그런데 고민을 먼저 상담해온 건 사나였다. 카케루는 듣는 입장이 될 수밖에 없었다. 매번 그랬다. 카케루는 항상 받는 역할이고, 자신이 기대려고 하면 타이밍을 빼앗기고 만다. 그게 조금씩 스트레스가 되어 쌓여갔다.

심지어 그때 사나의 고민은 '내가 세 번째 남자친구를

만들겠다고 하면 어떻게 생각해?'였다.

"사귀고 싶은 녀석이 또 생겼다는 거야?"

"음……. 그런 건 아닌데……."

"그게 아니면 왜 그런 걸 물어보는 건데."

"만일의 얘기인데 왜 그래? 혹시 질투하는 거야?"

경쾌한 말투로 되묻는 사나를 보고 카케루는 몸 안쪽부터 열이 올랐다. 그리고 그때, 사나의 휴대폰에 문자가 왔다. 아직 사귀기 전, 히라누마로부터 온 문자였다. 카케루는 사나의 손에서 휴대폰을 뺏었다.

"잠깐, 돌려줘."

히라누마의 문자는 아스카야마 공원에 대한 질문뿐이었지만, 사나의 태도를 보아하니 이 녀석이 그 세 번째 남자친구 후보인듯했다.

"뭐 하는 애야?"

"뭐 하는 애냐니……. 음……. 잘 몰라. 아마 좋은 사람이야."

손을 뻗은 사나를 쫓아버리고, 카케루는 문자를 지웠다.

"무슨 짓 하는 거야!"

"좀 더 깊게 생각하고 사람 골라."

휴대폰을 받은 사나는 카케루를 비난하는 듯한 눈으로

쳐다보고는 "나도 생각하고 있어."라고 말했다. 그 뒤로는 격한 언쟁이 이어졌다.

사나에겐 계산적인 행동이나 교활함이 없다. 사람을 싫어하거나 질투하는 등의 감정과는 연이 없는, 시원한 성격을 가진 사람이다. 타인의 적대심도 흘려 넘겨버리고, 자신에게 향해지는 악의에도 신경 쓰지 않는다. 사람의 좋은 부분만 보고 좋아한다.

그렇기에 카케루는 있는 그대로 사나와 사귈 수 있는 것이다.

그렇지만 그 순수한 성격은 위험하다. 타인이 간단하게 침범해 그녀를 상처입힐 수도 있다. 그래서 카케루는 사나를 지키는 방패가 되겠다고, 그렇게 다짐했다.

낯간지러운 결의를 재확인하고 쓴웃음이 흘러나왔을 때, 휴대폰이 울렸다.

짧아진 담배를 휴대용 재떨이에 버리고 전화를 받았다.

"……카케루, 미안해."

사나가 말했다.

평소와 다름없는 목소리. 방금까지의 분노가 사그라든다.

"아냐, 내가 잘못했어. 감기 막 나은 참인데 미안해."

카케루는 대답한다.

평소보다 좀 더 배려하는 톤이 되도록.

항상 그렇게, 신경 쓰고 있었다.

"카케루, 돌아와 줘."

그 목소리에 전신이 떨렸다. 휴대폰을 쥔 채 온 길을 달려 되돌아간다. 이렇게 뛰고 있을 때만 육상부 시절이 떠오른다.

사나 집의 문이 열린다. 현관 바로 앞에 불안해하는 기색의 사나가 서 있었다.

"카케루……."

카케루는 아무 말도 하지 못하게 신발을 벗어 던지고 사나를 껴안았다.

작게 신음하는 사나를 그대로 방안에 밀어 넣고 함께 침대 위로 쓰러졌다.

"파스타 먼저 만들까?"

카케루가 숨을 헐떡이며 사나에게 물었다. 카케루의 가슴에 눌린 사나의 목이, 격하게 양옆으로 움직였다.

8

어제부터 나흘간은 노 데이트 데이. 사나가 어느 남자친구와도 놀지 않는 자유로운 날이었다.

카케루는 대학 도서관으로 향했다. 리포트에 필요한 자료를 찾기 위함이었다.

마침 도서관 입구에서 나오는 히라누마가 눈에 들어왔다.

"우웃, 누마."

그렇게 놀라고 나니 무언가가 머릿속에 떠올라서, 그대로 입에 담아버렸다.

"우오누마산 고시히카리."

히라누마가 얼굴을 찡그렸다.

"난 우오누마산 고시히카리가 아니야!"

"나도 알아."

히라누마가 한숨을 쉬었다.

"왜 이런 놈이랑 카시이가 사귀고 있는 거지."

"그건 내가 할 말이라니까."

"카시이, 오늘은 아르바이트 면접이었나."

히라누마의 말에, 카케루는 '그런 말 했었지.'하고 뒤늦게 떠올렸다. 사나는 예전에 다니던 카페를 그만두고 나서는 줄곧 단기 아르바이트만 해왔다.

"붙었으면 좋겠네."

“그 녀석, 면접 같은 거 잘 못 한다던데.”

“그렇구나. 의외네. 누가 상대더라도 잘할 것 같은데.”

“아.”

갑자기 무언가 떠올랐다. 히라누마가 “왜?” 하고 시선을 카케루에게 향했다. 카케루는 몇 번이고 전날의 한 장면을 머릿속에서 재생했다.

“야.”

히라누마의 목소리에, 정리되지 않은 머리를 대충 얼버무리고는 “아무것도 아니야.” 하고 답했다.

“하나 물어보고 싶은데, 선물은 예정한 물건이지?”

히라누마가 질문했다.

“응? 아, 응.”

“응? 설마 바뀌었어? 가르쳐주지 않으면 규칙위반 아니야?”

“안 바뀌었어. 규칙 같은 거 처음엔 싫어했던 주제에.”

“노력해서 맞춰주고 있는 거야.”

“왜 사람을 깔보는 듯한 말투데. 불만 있으면 동정 졸업하고 나서 말해.”

말문이 막힌 히라누마를 무시하고 도서관으로 들어갔다. 카케루는 불현듯 떠오른 기억에 당황하고 있었다. 우연? 우연일 리 없다.

그렇다면, 어째서.

점심시간에 카케루는 사쿠라에게 전화했다. 전화를 받은 사쿠라는 평소와 다르게 맥빠진 목소리였다.

"별일이네. 전화를 다 하고."

"얼마 전에 이케부쿠로에서 만났을 때 같이 있던 여자. 누구야?"

생각하는 시간이 있었다.

"아…… 응? 누구냐니……."

머뭇거리는 사쿠라의 말에 겹치듯이 말을 이었다.

"뭐시기 유미코라는 이름 아니야?"

"어떻게 알았어."

사쿠라가 얼빠진 목소리를 내었다.

역시 그렇다.

"그때 예시로 든 이야기, 반 정도는 진짜였지? 카페에서 헌팅 한다는 얘기."

"유미코가 카페 점원이긴 한데……. 그게 왜?"

대답을 들은 카케루는 사쿠라의 물음에는 답하지 않고 전화를 끊었다.

카케루는 부실동 근처의 흡연소에 앉아있었다. 전화를 손에 든 채 일어서서 한 발, 두 발 걷기 시작했다. '별 이야기 아니다.'라고 말하는 이성적인 자아의 목소리는 오늘도 역시 무력하다. 카케루는 연이어 재채기를 했다. 눈물이 번지는 눈으로 허공을 노려봤지만, 꽃가루는 보이지 않았다.

그날로부터 사흘간, 수업에서 사나와 마주쳐도 카케루는 평범하게 대했다. '평범하게 대하는 것'을 의식하고 있는 자신이 답답했지만, 자연히 정리되는 것을 기다리는 수밖에 없었다. 사나는 평소와 다름없이 말을 걸어왔다. 카케루의 말수가 줄자 히라누마나 후우카, 하마노가 그 공백만큼 더 떠들고 즐거운 듯 웃었다. 사나의 얼굴에도 웃음이 번졌다. 그러자, 수수께끼 같은 불안함이 더욱 커져만 간다.

"기운 없어?"

후우카가 물어왔다.

"응?" 카케루는 코를 훌쩍이고는, "아니, 그냥 꽃가루 때문에 나른할 뿐이야." 하고 눈을 비비며 얼버무렸다.

"흐응" 하고 물러난 후우카와 교대하듯, 이번엔 히라누마가 “무슨 고민이라도 하고 있어?” 하고 작은 목소리로 말을 걸어왔다.

히라누마에게 걱정 받고 있는 자신이 몹시 꼴사납게 느껴졌다.

“아, 생리야, 생리.”

“물어본 내가 바보지.”

카케루는 그대로 넘기려다 문득 떠오른 게 있어 히라누마에게 질문했다.

“네가 저번에 말했었지. 너랑 사나가 닮았다고.”

“응? 아, 지금 생각하니 그건 좀 낯간지러운 말이었던 것 같아.”

“이제 와서 그런 말 하긴. 미스터 대학 데뷔.”

열 받은 표정으로 입꼬리에 꾸욱 힘을 주면서도, 히라누마는 말을 이었다.

“단지 카시이는 여러모로 생각이 깊은 것 같아.”

“여러모로?”

“아마 우리 모두랑 갈등 없이 잘 사귀기 위해서겠지.”

그렇게 말한 히라누마의 옆모습을 보며 카케루는 마음속으로 중얼거리고 있었다. ‘네가 뭘 안다고 그래.’라고.

9

노 데이트 데이가 끝나고, 그다음 날은 카케루의 날이었다. 수업이 끝나고 카케루와 사나는 함께 학교를 나섰다. 디저트 뷔페에 간 뒤에 오다이바에서 놀 예정이었다.

타르트를 먹고 있는 사나가 신나게 떠들었다.

"오늘은 유리카모메*같은 사치스러운 거 타도 돼?"

"돼."

카케루는 디저트보다는 파스타를 접시에 담고 있었다.

"신난다!"

사나는 아침부터 평소보다 들떠있는 것처럼 보였다. 당연한 일이다.

감도는 초콜릿 향기와 까르보나라의 풍미가 섞인다. 전혀 다른 것들이 섞인 그 공기를, 카케루는 한껏 마셨다.

"사나."

"응?"

"생일 축하해."

"부탁합니다." 하고 카케루가 손을 들자 음악이 울리고 점원이 생일축하 노래를 부르며 다가왔다.

* 도쿄 신바시역에서 오다이바를 거쳐 토요스역까지 잇는 무인궤도교통 시스템

"꺅" 하고 사나가 보기 드문 비명소리를 내고는 카케루를 쳐다봤다. 주변에 앉은 손님들도 분위기를 읽고 손뼉을 쳐주었다. 점원이 불꽃이 꽂인 생일 케이크를 사나의 앞에 놓았다.

"생일 축하해." 하고 카케루는 다시 한번 말했다. "한 살 더 먹더라도 쭉 건강하게 지내줘."

사나가 만면에 웃음을 띄웠다.

"선물."

히라누마와 사쿠라에게 미리 말해둔 선물을 건넸다. 사쿠라와 마주친 날에 이케부쿠로에서 샀던 목걸이였다.

포장을 뜯고 사나가 말했다.

"고마워……. 비쌌지."

'작년에 준 손수건보다는.'이라는 말을 가까스로 삼켰다.

"그렇지도 않아. 생일이잖아."

사나의 눈동자가 글썽거리기 시작했다.

이럴 때조차 주체할 수 없이 귀엽다고 카케루는 생각했다.

유리카모메 차량에 몸을 맡기며, 카케루는 자신의 추측을 다시 한번 정리했다. 분명 틀림없다.

사쿠라와 같이 있던 여자는 카케루가 아는 사람이었다.

그 여자는 이전까지 자주 가던 카페의 점원, 유미코다. 작년 12월까지 사나가 근무하고 있었던 그 카페의 동료.

처음 사나가 카케루에게 말을 걸었던 그 카페에, 카케루는 한동안 가고 있지 않다.

카케루와 사나가 사귀기 시작한 작년 가을, 사나에겐 남자친구가 있었다. 그 카페의 점장이다. 카케루와 사귄 건 그와 헤어지고 나서가 아니었다. 기간은 겹쳐있었다. 당시 사나는 점장에게 이야기를 꺼냈다고 한다.

"카케루와 같이 절 공유하지 않을래요?" 하고.

그러나 점장은 셰어 연애라는 비상식적인 연애 방식을 수용하지 않았다. 그렇기에 결국 사나는 점장과 헤어지게 되었지만, 어찌 되었든 짧은 기간 동안 카케루는 사나의 '바람 상대'였다.

그래도 상관없다고 체념하고 사귄 것이다. 또 언제나처럼 '서로의 심심풀이를 위한' 연애가 시작된다고, 차가운 자신이 그렇게 받아들이고 있었다. 그렇다면 이상한 쪽이 자극적이고 재밌어 보이겠다고 말이다.

사나가 그곳에서 고립되기 시작한 건 가을 무렵부터라고 한다. 하지만 이건 사나의 입에서 들은 말이 아니다. 사나는 그저 "점장하고 어색하기도 하고, 그만둘래."라는 말밖에 하지 않았다.

점장과 동급생, 둘 사이에 양다리를 걸친 가벼운 여자.

연인을 공유한다니 말도 안 된다.

연애관이 나사가 하나 빠져있다.

그런 소문이 퍼져서, 사나는 직원 사이에서 괴롭힘을 당하게 되었다. 주모자는 그 유미코였다. 이유는 모른다. 유미코의 지나친 정의감 때문이었을지도 모르고, 유미코가 점장에게 호의를 가지고 있었을지도 모른다. 확실한 건 사나를 철저히 '악'으로 규정했다는 것이다. 유미코는 사나가 그곳에 있을 수 없는 환경을 만들었고, 끝내는 퇴직하도록 만들었다.

이 모든 이야기를 카케루는 올해 들어서야 듣게 되었다. 이야기해 준 건 후우카였다. 후우카에게는 여러모로 고민거리를 털어놨던 모양이다.

"카케루에게 걱정 끼치고 싶지 않았던 거겠지."라고 후우카는 마음을 써줬지만, 카케루는 그다지 놀라지 않았다. 후우카는 계속해서 이렇게 말했다.

"사나는 그다지 신경도 쓰고 있지 않으니까."

그때, 확실히 그럴지도 모른다는 생각에 카케루는 고개를 끄덕였다. 사나는 고민하는 모습 같은 건 조금도 내비치지 않았다. 괴롭힘 따위는 금방 흘려버렸을지도 모른다. 만약 신경 쓴다고 해도 질질 끌지 않고 곧장 일어나는 것이다. 마치 카케루의 연애관처럼.

그렇게 납득하고 있었다. 모종의 둔감함이 사나의 결점이자 장점이라고 인식하고 있었고, 그에 익숙해진 뒤로는 그래서 자신이 지켜야만 한다고 생각하고 있었다.

하지만 사쿠라와 통화하고 나서, 카케루는 자신이 틀렸다는 걸 깨달았다.

유미코를 사쿠라에게 소개한 건 사나였다. 물론 그 카페에서 일어난 사정을 알 리가 없는 사쿠라에게, 사나는 이렇게 말했다고 한다.

"전에 아르바이트하던 곳의 친구가 남자친구를 찾고 있거든요. 저는 사쿠라 씨가 그 애랑 딱 맞는다고 생각해요."

그 결과 사쿠라는 유미코에게 먼저 말을 걸었고, 얼마 안 되어 사귀기로 했다.

여기서 중요한 건 사쿠라의 연애 방식이다.

사쿠라는 복수의 여성과 동시에 사귄다. 자세한 건 모르지만 연애를 시작할 때 계약을 주고받는다고 한다. 즉, 사쿠라는 여자들에게 '셰어 남자친구'인 것이다. 최악의 남자임은 틀림없다. 하지만 사나가 그렇듯 상대에게 자신의 연애 방식을 숨기지 않고, 계약을 받아들이지 못하는 상대와는 절대로 사귀지 않는다.

요컨대 유미코는 자신이 사쿠라를 다른 여자와 공유한다는 사실을 이미 알고 있다.

과거에 사나의 행위를 부정하고 '악'이라 규정한 유미코가 사나와 같은 형태의 연애를 하게 된 것이다.

사나가 선의로 유미코와 사쿠라를 이어줬을 가능성은 얼마나 될까. 결코 높지 않을 것이라고 카케루는 결론 내렸다. 그렇다면 사나의 행동은 무엇을 의미하는 걸까.

복수다.

사나는 유미코를, 유미코가 혐오하고 있는 곳으로 끌어내려 자존심을 꺾었다.

심지어 유미코는 사쿠라가 사나의 남자친구이기도 하다는 것을 모른다.

사나는 그걸 시치미 떼는 얼굴로 바라보고 있다.

"왜 그렇게 멍하니 있어?"

옆에서 사나가 어리둥절한 표정으로 물어왔다. 유리카모메는 머지 않아 오다이바카이힌코엔(お台場海浜公園)역에 도착한다.

"……밖에 레인보우 브릿지 구경하고 있었어. 예뻐서."

"응. 예쁘네." 사나가 카케루의 손을 쥐었다. "오늘 너무 즐거웠어. 카케루의 생일에는 내가 잔뜩 갚아줄게!"

차창 너머의 야경을 본 사나가 부드러운 미소로 말했다. 가슴 언저리에 새로 찬 목걸이가 반짝이고 있었다.

10

대낮이 가까워지기까지 카케루와 사나는 방에서 자고 있었다. 눈을 뜬 사나는 카케루 집에 놓인 칫솔로 이를 닦았다. 그리곤 재빠르게 설거지를 끝내고, 아직 누워있는 카케루의 곁에 입을 옷을 놓아두었다.

"카케루, 오늘은 수업 몇 교시부터야?"

"4교시."

"그럼 먼저 나갈게."

사나는 화장도구를 늘어놓고도 곧장 화장하지 않고 휴대폰을 만지작거리고 있었다.

"후우가 일기 올려놨어. 부지런하네."

"빨리 준비하는 게 어때?"

"네에."

사나가 화장을 끝낸 건 열두 시가 지나갈 무렵이었다. 이제부터 사나는 카케루의 여자친구가 아니다.

오후부터는 히라누마가 남자친구인 날이 된다.

사나가 "카케루, 이거." 하고 노트를 건네왔다.

"응?"

"다음에 내야 할 리포트 어차피 안 했지? 그거 보고 써도 돼. 정리해놨으니까."

그 말대로다. 리포트 같은 건 아예 잊고 있었다.

"그거 학점 모자라면 위험하잖아. 그래도 마지막 정리 정도는 스스로 해."

노트에는 카케루가 리포트를 쓰기 쉽도록 중요한 부분이 형광펜으로 그어져 있었다.

"사나."

이쪽을 향한 사나의 입술에 키스했다. 사나의 팔이 카케루의 등 뒤를 감았다.

입술을 떼자, 눈을 감은 사나가 가슴에 얼굴을 파묻었다. 그리곤 말했다.

"와. 이번 거 엄청 설렜어."

"착각이겠지." 하고 카케루는 대답했다.

11

사나를 보내고 나서 카케루는 마스크를 쓰고 밖으로 나왔다. 자전거에 올라탔지만 학교에 갈 마음이 들지 않았다. 사나와도, 히라누마와도, 얼굴을 마주하고 싶지 않았다. 리포트를 정리한다는 이유로 그날 수업을 땡땡이치고, 근처의 카페에서 무익한 시간을 보냈다.

아르바이트도, 친구와 만날 약속도, 아무것도 없는 날이었다. 눈 깜짝할 새에 저녁이 되었다. 오렌지 색 하늘을 보고 있으니 어째선지 강한 초조함이 다가왔다. 마음의 리듬이 이상했다.

집으로 돌아오니 이상하게 기분이 가라앉았다. 다시 집 문을 열고 의미 없이 페달을 밟아 번화가의 가게를 돌아다녔다. 사람이 있으면 있을수록 고독감이 더해진다. 오늘은 어디를 가도 혼자일 것 같았다.

몇 번째 가게인가 정처 없이 돌아다니다가 음반매장에 들어갔다. 시끌벅적하게 노랫소리와 이야기 소리가 흐르는 가게 안을 어슬렁거렸다. 그러던 중 신곡코너에 늘어져 있는 레몬 스컬의 CD가 눈에 들어왔다.

사나와 처음 만난 날이 떠오른다.

마침 그때, 카케루는 밴드에 대한 애착이 옅어지고 있었다. 만인이 좋아할 법한, 좀체 기분이 달아오르지 않는 곡이 늘었기 때문이다.

사나는 지금의 레몬 스컬도 좋아한다고 했다. 그러나 카케루는 벌써 반년 이상 듣고 있지 않다.

신곡 타이틀을 봤다. 여름의 시작. 너무나도 평범한 제목에 빠르게 낙담했다. 애초에 아직 4월이다. 계절을 너무 빨리 선점하는 거 아닌가.

일단 들어나 보자는 마음에 시청기의 헤드폰을 썼다.

재생 버튼을 누른다.

시작부터 피아노의 음색이 흘러나와서 적지 않게 놀랐다. 카케루가 아는 한 레몬 스컬이 피아노를 썼던 적은 없었다. 역시 바뀌어 버렸다고 실망할 뻔했지만, 건반이 튀는 듯한 규칙적인 선율이 기분 좋게 느껴지기도 했다.

갑자기 드럼 소리가 들어오고 기타가 멜로디에 더해지기 시작한다. 기습공격을 하듯 베이스의 저음이 격하게 울렸다.

보컬이 노래하기 시작한 순간, 숨을 마시는 소리가 거슬거슬 고막을 문질렀다. 담담한 어조의 보컬이 가사를 뽑아냈다. 창법도 예전과 달랐다. 그렇지만 이건 이대로 말한마디 한마디를 음미할 수 있어서 좋을지도 모른다.

마침내 기타 소리가 절정에 치닫고 곡이 후렴으로 들어갔다.

……머지않아 여름이 시작돼
처음부터 끝이 보이는 눈부신 계절
외로운 건 기대를 하기 때문이야.
너도 보이지 저 수평선에
확실하게 끝나가는 영원이……

헤드폰을 벗었을 때, 카케루는 머릿속이 멍했다. 역시 지금의 레몬 스컬은 좋아하지 않는다.

어느샌가 샤쿠지이가와 강변의 길을 달리고 있었다. 오늘은 카케루의 날이 아니다. 알고는 있지만, 공연히 사나와 만나고 싶었다.

……아니.

'히라누마의 여자친구'로 있는 시간의 사나를 보고 싶었다. 자신이 모르는 사나를 보고 싶어서 견딜 수가 없었다.

사나의 맨션 앞에 도착했다. 아직 집에 불이 들어와 있지 않았다. 맞은편 공원의 나무 아래에 놓인 벤치에 앉았다. 이러면 마치 스토커 같잖아. 정말 나 어떻게 된 거냐.

아, 그렇구나.

사나를 좋아하는구나.

……얼마만큼 내가 좋아?

고등학교에서 두 번째로 사귀었던 중학교 동창으로부터 당시 들었던 말이다. '그런 의미로 좋아했던 게 아니잖아?'라고 차이기 조금 이전이었다.

"얼만큼이라니, 뭐라고 대답하는 게 정답이야?"

적어도 그때 카케루가 뱉은 대답은 정답이 아니었다는 걸, 지금은 알고 있다.

헤어져도 다시 일어날 수 있을 정도의 연애를 줄곧 이어왔다. 사나에 대해서도 그렇게 생각했다. 그도 그럴 게 세어 연애라니, 그 정도 마음이 아니고서야 성립되지 않는다. 언젠가 끝을 맞이할 테니.

웃음소리가 들려왔다.

사나와 히라누마가 손을 잡고 걷고 있었다.

이 시간에 히라누마가 사나의 집까지 같이 온다는 게 어떤 의미인지, 카케루는 그 순간까지 생각하고 있지 않았다.

두 사람은 공동현관을 지나 문 안으로 사라져간다. 사나의 집에 불이 들어온 것을 확인하고, 카케루는 도망치듯 자전거 안장에 몸을 올렸다.

자신이 모르는 사나는 그곳에 있었나? 제대로 확인하는 것조차 할 수 없을 정도로, 카케루는 먼 거리를 느꼈다.

12

볼이 젖는다.

'울고 있는 건가.'하고 당황해 제정신을 차리니 어느새 가랑비가 내리고 있었다. 카케루가 페달을 밟을 때마다 빗발이 거세진다.

카케루는 젖기 시작한 마스크를 벗었다. 물방울이 입술에 닿았다.

횡단보도에 다다랐을 때, 휴대폰이 울렸다. LINE 그룹 톡방에 하마노로부터 메시지가 와있었다.

〈지금부터 타케오 선배네 집에서 술자리 가질 건데 안 올래?〉

라는 글과 함께, 가스레인지와 냄비, 고기의 사진이 첨부되어있다.

혼자서 버티기 힘들었던 오늘 밤의 카케루에게, 그 메시지는 마치 구조선과도 같았다.

타케오 선배가 사는 곳은 지금 있는 곳에서 가깝다. '금방 갈게.'하고 답장을 보내자, 마실 것만 사오라는 답이 돌아왔다.

타케오 선배의 집 근처에 있는 편의점에 들렀다. 술을 파는 코너에 가까이 가자, 그곳에 서 있던 정장을 입은 여자가 깜짝 놀라 숨을 마시는 소리가 들렸다. '부딪힌 것도 아닌데 요란스럽네.'하고 생각하며 가로지르려고 했다.

"카케루?"

깜짝 놀라 고개를 들었다.

"어, 후우카?"

후우카는 취업 활동용 검은 정장에, 평소보다 자연스러운 화장을 하고 있었다. 언뜻 봐서 알아보지 못하는 것도 당연하다.

"……코스프레?"

"아니거든." 후우카는 비에 젖은 앞머리를 손가락으로 넘겼다. "이번 주 인턴십이야."

"인턴십? 네가?"

카케루는 놀라서 자신도 모르게 후우카를 손가락으로 가리켰다.

"실례잖아."

"아니, 아니, 아니……. 진짜냐. 그러고 보니 어제오늘 안 보이긴 했지."

무언가 말하고 싶은 듯이 후우카의 입가가 움직였지만, 이내 "후우" 하고 작은 한숨이 나왔다.

"곧 시작해. 난 내가 마실 거 사러 온 거야."

'아……. 후우카도 있었구나.'하고 생각했다.

"근데 라인 메시지 보낸 지 2분 정도 되지 않았나? 오는 거 엄청 빠른데?"

"우연히 근처에 있었어. 밤의 사이클링이랄까."

후우카가 수상하다는 듯 쳐다본다.

"그게 뭔데."

"나도 여러모로 사정이 있어."

"무슨 사정?"

"여러모로는 여러모로니까 신경 쓰지 마."

귀찮은 듯이 말하지만, 오늘 밤, 누군가와 이야기 할 수 있어서 다행이라고 생각했다. 뭉쳐있는 마음의 응어리가 풀린다. '고마워, 후우카.'하고 마음속으로 손바닥을 맞대었다.

"뭐 살래? 사줄게."

"뭣? 왜 그래? 무슨 일이야."

"아무 일도 없다니까."

"아니, 최근 들어 좀 이상하잖아."

"그러니까 내 사정이라니까."

추궁당해도 곤란하다. 고마워하고 있는데 자신도 모르게 짜증 섞인 목소리를 내고 만다.

"됐으니까 원하는 거 말해봐."

"……그럼, 호로요이."

"오케이."

계산을 끝내고 밖으로 나왔다. 타케오 선배의 집은 바로 근처였다.

갑자기 카케루가 손에 들고 있던 봉투 안으로 거칠게 후우카의 손이 들어왔다. 놀랄 틈도 없이 캔맥주를 빼앗겼다. 후우카는 캔 마개를 따고는 입구에 입을 댔다.

"야, 그건 내 건데……."

카케루가 말을 채 끝내기도 전에 꿀꺽꿀꺽 마신다.

"왜 그래? 갑자기."

쿨럭, 후우카가 기침한다.

입에서 캔을 떼고 입가를 닦는 후우카.

"하아, 하아, 맛없어."

"녹즙 마신 사람 같은 말 하지 마."

"그럼 무슨 즙인데?"

"음, 보리려나?"

후우카는 다시 한번 캔을 들이키더니 카케루에게 건넸다. 내용물은 다소 남아있었지만 쓰레기통에 버렸다. 후우카의 얼굴에서 붉은빛이 감돈다.

"너야말로 뭔 일 있었어?"

"있었어."

"……뭔데."

"아무것도 아니야."

후우카는 비틀비틀 걷기 시작했다.

아무것도 아닐 리 없잖아.

그렇게 말하려 했을 때, 바로 조금 전 자신이 똑같이 얼버무린 걸 떠올린다. 그야, 모두 여러모로 사정이 있을 게 분명하다. 가까운 친구에게도 말할 수 없는 것. 혼자서 안아야만 하는 것.

"잘 마셨어."

조금 껄끄러운 듯이 말하고 후우카는 먼저 걷기 시작했다.

후우카는 원래부터 스타일이 좋아서 정장이 잘 어울리는 편이었다. 유독 눈에 띄는 하얗고 긴 다리에, 카케루는 자신도 모르게 조금 야하다는 생각을 하고 만다.

"빗발이 거세지고 있어."

"그렇네."

"우산 빌려올 걸 그랬나."

"자전거 둘이서 탈래?"

카케루가 말하자 후우카는 "둘이서 타는 건 조례위반이야." 하고 딱 잘라 대답했다.

"아, 이 비까지 원샷한 뒤엔 괜찮을지도 모르겠네. 그렇지?"

후우카가 그렇게 말하고 카케루의 얼굴을 바라본다. 화장 탓인지, 평소보다 침착한 어른처럼 느껴졌다.

"응. 그럴지도 모르겠네."

갑자기 후우카에게 고민을 털어놓고 싶은 충동에 사로잡혔다. 후우카는 사나의 고민 상대도 되어주고 있고, 우리들의 셰어 연애를 알면서도 혐오하지 않는 귀중한 친구니까. 사정을 토로하면 좀 더 마음이 편해질지도 모른다.

하지만 크게 심호흡을 하고, 카케루는 충동을 억눌렀다. 안 돼. 오늘 밤은 적어도 그만두는 게 좋아. 보기 드물게 이성적인 자아의 주장이 이길 것 같았다.

그러자 아까 전까지 사라졌던 초조함이 불현듯이 되살아났다.

지금쯤 히라누마는 처음으로 사나를 안고 있을 무렵일까. 카케루는 어금니를 꽉 깨물었다.

셰어 연애라니, 이런 걸 언제까지 이어나가려는 걸까. 언젠간 끝내야할 일을 대체 언제까지.

사나를 독점하고 싶다.

처음으로 가진 욕구. 아니, 분명 줄곧 갖고 있던 마음이다.

오늘은 집으로 돌아가지 않아서 다행이다. 돌아가도 방안에는 아무도 없다. 희미하게 어젯밤 사나의 잔향이 느껴질 뿐이다.

"빨리 가야지." 자리에 멈춰 선 카케루에게 후우카가 말했다. "다들 기다리고 있으니까."

"응." 하고 끄덕이려고 했던 카케루는, 비를 꿰고 콧구멍 속으로 잠입한 꽃가루에 크게 재채기했다.

제3장

적어 내리는 비밀의 날

1

확 안아버리면 어떨까? 그 등을 보면 항상 그런 생각을 하고 만다.

츠루타니 후우카는 강의실에 앉을 때 대체로 사나와 카케루가 나란히 앉은 그 뒷자리에 앉는다. 걸을 때도 그렇다. 사나와 카케루의 뒤에서, 카케루와 단둘이 걸을 때도 후우카는 대각선 뒤에서 따라간다.

그때마다 카케루의 등을 보며 생각한다. 지금, 눈 딱 감고 안아볼까.

물론 그건 웃음이 나올 정도로 무른 망상. 절대 있을 수 없는 일이다.

오늘 밤, 타케오 선배의 집에서 술자리가 열렸다.

타케오 선배의 방은 더럽다. 술자리가 시작되기 전에 타케오 선배 집에 도착한 후우카와 하마노는 우선 청소부터

하기 시작했다. 막 벗어 던진 옷가지나 머리카락, 쌓인 먼지에 경악했지만, 하마노는 청소하는 걸 좋아하는지 밝은 표정을 짓고 있었다. 그 방의 주인인 타케오 선배는 "수고들 해."라며 보고 있기만 했다.

"도와주실 생각은 없는 건가요."

"내가 도와주면 오히려 방해된다고 화낼 거잖아."

"화 안 낸다니까요."

"아니. 사람이란 건 평화를 손에 넣으려고 할 때랑 청소할 때 가장 공격적으로 변하거든."

타케오 선배가 으스대며 말했다.

"대체 뭔 말을 하는 건지 모르겠네요."

"내가 설거지할게."

하마노가 주방에 서고, 후우카는 걸레질을 했다. 하나둘 모인 사람들은 상황을 이해하고 타케오 선배를 비난했다.

조금 뒤, 장을 보러 나온 후우카는 편의점에서 우연히 카케루와 마주쳤다. 최근 들어 그의 상태가 이상하다는 건 알고 있었다. 분명 사나와 무슨 일이 있었던 거겠지. 사정을 물어본 후우카에게, 카케루는 성가시다는 듯이 말했다.

……여러모로는 여러모로니까 신경 쓰지 마.

……내 사정이라니까.

난 카케루의 '여러모로'를 알 수 없다.

난 카케루와 사나가 있는 '그쪽' 사람이 아니다.

당연한 사실이 새삼스레 와닿았다.

편의점에서 돌아온 후우카는 스키야키의 형식만 갖춘, 뒤죽박죽 전골 앞에 모두와 둘러앉았다.

정장을 입은 후우카에게 자꾸 타케오 선배가 달라붙었다.

"벌써부터 사회의 거친 파도에 삼켜지면 어떡해. 정장을 벗어 던지란 말이야. 알몸이 되라고."

술에 절은 거구의 선배가 술주정을 부렸다.

"완전히 성추행이네요."

적당히 흘려넘긴 후우카는 모두에게 맞춰 웃기도, 화내기도 했다.

냄비의 바닥이 보일 때, 카케루가 담배를 피우기 시작했다.

후우카의 옆에 앉은 하마노도 잠깐 담배에 손을 뻗었지만, 피우지 않고 재빨리 상을 치우거나 쓰레기를 정리하기 시작했다.

"하마노, 넌 좋은 남편이 될 거야."

후우카의 말에 "그렇지?" 하고 하마노가 미소 짓는다.

"나는 카케루하고는 다르다니까."

"왜 굳이 내 이름을 꺼내는 건데."

카케루가 사이에 끼어들어 불만을 토했다.

"가부장적일 것 같으니까."

"편견이야."

"그런 인상은 있지."

후우카가 맞장구치자, 카케루는 입을 삐죽이고 천장을 향해 담배 연기를 내뿜었다.

"그래도 요리도 그렇고 청소도 그렇고, 의외로 꼼꼼한 구석이 있다니까." 자신이 먼저 놀렸으면서, 하마노가 카케루를 두둔했다. "아마 카시이보다는 잘할걸."

"맞아, 난 뭐든 잘하거든." 그렇게 말하며 카케루는 자리에서 일어났다. 그리고 화장실로 향했다. 얼핏 사나의 이야기를 피하는 것처럼 보이기도 했다.

"역시 그런가." 하마노가 중얼거린다. "누마가 사이에 들어오고 관계가 바뀐 걸까."

"셰어 얘기야?" 후우카가 목소리를 죽이고 말하자, 하마노가 놀란 듯이 숨을 삼켰다. "카케루가 말했어. 하마노한테 셰어 연애하는 거 들켰다고."

"응, 맞아. 최근에 알게 돼서." 하마노는 쓴웃음을 짓고 머리를 긁었다. "참, 재밌는 짓들을 하고 있더라고."

"재밌다니, 하마노도 그러고 싶어?"

"전혀. 난 내가 좋아하는 사람은 독점하고 싶은걸."

아무렇지도 않게 말했지만 꽤 박력 넘치는 말이었다. 하마노는 개의치 않고 이어 말했다.

"카케루도 독점욕이 꽤 있다니까. 이러니저러니 해도 카시이를 엄청 좋아하고."

때마침 카케루가 화장실에서 돌아와 하마노는 말을 끊었다. 후우카 역시 아무 일도 없었다는 표정을 만들었다.

모두 다시 평소처럼 이야기를 나눴다. 하지만 후우카에겐 흥미가 없는 얘기들뿐이라, 제대로 끼어들 수가 없었다. 기회를 엿봐 "슬슬 돌아갈게요." 하고 자리에서 일어났다.

한밤중에 집으로 돌아온 후우카는 울음을 터트렸다.

비에 젖어 돌아와 문에 열쇠를 꽂은 순간, 눈물샘에 걸려있던 자물쇠가 풀렸다. '아직 어린애구나.'하고 자신이 싫어졌다. 오늘은 대체 카케루 앞에서 뭘 한 걸까. 맥주 원샷? 이상한 여자로 보였을 뿐이고, 맥주 맛도 하나도 못 느꼈다.

카케루를 좋아한다는 속마음을 똑똑히 들이밀 수 있는 상대는 오직 자기 자신뿐이다.

따라서 카케루가 후우카의 감정을 눈치챌 일은 없다. 만약 눈치채게 된다면 그의 옆에 있을 수 없다는 것을, 후우카는 잘 알고 있다.

후우카는 벗은 정장을 옷걸이에 걸고 침대에 누웠다. 오늘로 일주일 동안 다녔던 인턴십이 끝났다.

인턴십은 아무 일 없이, 아니, 아무 일도 없을 정도로 무난하게 끝났다. 다른 학교의 인턴과 한 팀이 되어 상품기획 발표를 했다. 그 외에는 액셀에 수치를 입력하거나 서류를 분류하는 작업을 했지만, 실제로 얼마나 사회공부가 되었을지는 잘 모르겠다. 발표의 평가가 꽤 높았던 건 어디까지나 타 대학의 리더가 우수한 덕이었고, 후우카는 특별히 활약을 하지 않았다. 하지만 그런 것치고는 피로감이 장난 아니다.

"일단." 하고 몸을 강제로 움직여 화장을 지웠다. 렌즈를 빼고 안경을 쓴 뒤, 실내복으로 갈아입었다. 눈 깜짝할 새에 무방비한 자신이 되었다.

……화장 안 해도 귀엽네. 엄청 부럽다.

처음 알게 되고 조금 지났을 때 사나가 했던 말이 뇌리를 스쳤다.

별로 기분이 좋지 않다. 기분을 달래기 위해 누워서 노트북을 만졌다. Youtube를 열고, 꽂아두었던 이어폰을 귀속에 넣었다. PV가 막 나온 심야 애니메이션의 엔딩 곡을 재생했다. 그러고 보니 오늘이 방영 날이었다. 방영 시간을 확인했다. 앞으로 두 시간 반. 깨어있을 것 같진 않다.

노래를 부르는 밴드는 레몬 스컬이라고 한다. 전에는 흥미가 없었지만, 카케루가 좋아한다는 것을 알고 듣기 시작했다. 카케루는 예전 곡이 더 좋다고 했다. 반면, 똑같이 레몬 스컬의 팬인 사나는 최근 곡을 더 좋아했다.

그렇게 토론하는 두 사람을 보는 후우카는 예전 곡도 최근 곡도 그다지 좋아하지 않았다. 즉, 레몬 스컬을 그다지 좋아하지 않았다.

그런데 매일 밤 듣고 있다. 언젠가 레몬 스컬을 좋아하게 되면 카케루와의 거리가 가까워지지 않을까. 그런 달콤한 망상 때문이다.

빠른 템포의 음악을 귀에 담으며, 즐겨찾기에 등록해둔 SNS 사이트를 열었다. 그리고 일기 탭을 클릭했다.

빈 텍스트 창이 띄워졌다. 일단 인턴십이 끝났다고 적자. 그저 그랬던 일들을 줄줄이 적자.

키보드에 손가락을 올린다.

"아……."

내일, 네일 아트도 다시 하자.

2

후우카가 다니는 대학에는 여러 학부가 있었다. 후우카는 그 중 문학부의 사회심리학과에 다니고 있었다. 사나와 카케루도 같았다. 학과는 다르지만 히라누마 타이키도 같은 문학부였기에, 듣는 수업이 겹치는 일이 잦았다. 그 세 사람은 사귀고 있다. 그들의 연애 방식을 후우카는 도통 이해할 수 없었지만, 그렇다고 해서 뭐라 비판할 이유는 없었다.

"후우는 기특하네."

대학 안의 카페 테라스. 테이블에 엎어져 있던 사나가 차근차근 말했다. 정오를 조금 지났을 무렵이었다.

"뭐가?"

"벌써부터 인턴도 나가고."

"뭐라도 하지 않으면 부모님이 뭐라고 한다니까."

후우카의 고향은 군마현이다. 돌아가고자 하면 금방이라도 돌아갈 수 있는 거리. 그렇지만 최근 들어 돌아갈 때마다 장래나 취직에 대해 끈질기게 잔소리를 듣는다.

"그치만, 제대로 움직이고 있다는 사실은 변함없잖아? 그에 비하면 난 대체 뭘 하고 있는 건지."

"너무 자유로운 연애?"

"정답이네." 하고 사나가 쓴웃음을 지었다. "맞다. 얼마 전에 카케루가 취직 포기하고 기둥서방이 된다는 거 있지. 물론 농담이겠지만."

"그러면 안 되잖아." 하고 맞장구를 치고 웃었다. 카케루답지 않은 말을 했다고 생각했다.

"아, 호랑이도 제 말 하면 온다더니."

사나가 고개를 들었다. 카케루가 카페 테라스로 들어오는 게 보였다. 어제는 만나지 않았기에, 그저께 밤에 술자리에서 본 게 마지막이었다.

반사적으로 가슴이 살짝 술렁인다.

"졸리네." 하고 하품을 하며 카케루가 사나에게 다가가, 후우카의 대각선 앞쪽에 앉았다. 후우카는 익숙한 카케루의 냄새를 몰래 맡았다. 담배 냄새가 섞인, 살짝 쓴 냄새.

고민은 풀렸을까.

카케루를 가만히 살펴보다가, 그와 눈이 딱 맞았다. 조그맣게 숨이 막혔다. 내 표정은 괜찮을까. 눈치채지 않을까. 짝사랑을 숨기는 메이크업이 있다면 지금 당장 알고 싶다.

"하마노만 오면 되네."

사나가 말했다.

넷이서 점심을 먹으러 가기로 했다. 피자와 파스타를 무한으로 리필해주는 가게였다. 사나는 작은 몸집에 걸맞지 않게 대식가였고, 카케루와 하마노도 잘 먹는 편이었다. 후우카는 굳이 따지자면 적게 먹는 편이었기에 무한 리필 가게를 가게 되면 제일 빠르게 배가 찬다. 같이 가는 목적은 식사가 아니다. 먹고 있는 모두를 관찰하고, 이야기를 나누고, 즐기는 것. 혹은, 카케루와 가까이 있는 것.

10분도 지나지 않아 하마노가 나타났다.

좌우가 흑백으로 나뉜 컷앤소에 감색 사루에루 팬츠. 하마노는 이런 헐렁한 패션을 즐겨 입는 일이 많다.

"오." 하고 하마노가 후우카를 보고 입을 열었다. "츠루타니, 새 네일 예쁘네."

허를 찔렸다.

"아, 고마워."

하마노는 어제 막 바꾼 꽃 모양 네일을 흘깃 보고 노트로 눈을 돌렸다.

슬쩍 카케루를 쳐다봤다. 카케루는 후우카의 바뀐 네일을 눈치채지 못했고, 흥미도 갖지 않았다. 당연한 일이다.

3

한 시간 뒤, 후우카 일행은 학생들이 북적이는 가게 안에 있었다. 뷔페 형식의 무한 리필 가게였기에, 요리가 늘어진 테이블에 손님들이 바글바글 몰려있었다. 후우카는 바로 눈앞에서 노리고 있던 고르곤졸라 피자가 사라져 입술을 삐죽였다. 감자튀김이 예상외로 맛있어서 조금만 덜어온 게 후회됐다.

"골든 위크* 때 예정 있어?"

후우카가 자리로 돌아오자, 제노베제 파스타를 빙글빙글 감으며 사나가 물었다.

"후반에는 고향으로 돌아가. 그 외에는 아르바이트."

"그렇구나……. 고향이라."

* 5월에 있는 일본의 대형 연휴기간

"사나는 고향 어디더라?"

"추운 곳."

'평범하게 대답해.'하고 속으로 말한다.

"아오모리야." 돌아온 카케루가 말했다. 피자 외에 카레라이스도 덜어온 듯했다.

"바로 대답해버리면 재미없잖아."

"재미는 상관없어."

후우카는 '아, 그랬었지, 아오모리 얘기를 가끔 했었잖아.'하고 떠올린다. 사나에겐 그다지 아오모리현의 이미지가 떠오르지 않는다. 애초에 아오모리의 이미지가 뭔지는 자신도 모르지만.

카케루를 쳐다본다. 카케루의 고향은 토치기이다. 군마의 바로 옆.

"카케루는 안 돌아가?"

"여름에 돌아가면 돼. 어차피 가깝고."

"맞아, 그렇지."

후우카는 웃었다. 원래 관동권은 언제든지 바로 돌아갈 수 있는 거리라서 새삼스레 돌아갈 기분이 잘 들지 않는다.

"모처럼 연휴니까 다 같이 놀고 싶은데. 누마도 부르고."

하마노가 입을 연다. 그리고 너무 많이 덜어왔다며 감

자튀김을 후우카의 접시에 덜어 놓는다. '오, 나이스.'하고 내심 생각했다.

오늘은 히라누마가 일이 있는 모양이라 이 자리에 없었다. 두 남자친구가 같은 여자친구와 함께 놀게 된다면 어떤 기분이 들까. 심지어 날에 따라 남자친구가 바뀌는 규칙을 정해두고서. 어제 자신의 연인이었던 여성이 오늘은 그냥 친구이고, 동시에 다른 친구의 여자친구로서 눈앞에 있게 되는 것이다.

이해할 수 없다.

"논다고 해도, 아무것도……."

"좋네! 놀자!"

카케루의 말을 끊고 사나가 말했다.

"뭐랄까, 평범하지 않은 짓을 하고 싶어."

"셰어 연애?"

비꼬기. 그 의도 말고는 아무것도 아닌 말이 후우카의 입에서 흘러나오고 말았다. 하지만 아무도 그 말이 진심이라고 눈치채지 못했다.

"츠루타니 씨의 독설 나왔습니다!"

"가슴이 너무 아픈걸."

하마노와 카케루가 각각 그렇게 말하고, "뭐라 드릴 말이 없습니다.” 하고 사나가 고개를 떨구는 시늉을 한다. 후우카도 뒤늦게 웃어버린다. 그렇게 상황은 다행히 농담이었던 걸로 흘러간다.

“그래서 평범하지 않은 게 뭔데?”

“나도 몰라.” 남 일처럼 사나가 말한다. “뭔가, 두근거리는 비일상적인 체험이 아닐까? 뭔가 주변에서 이상한 일 겪어본 적 없었어?”

“그런 거 없어.” 하고 카케루가 말한다.

“재미없는 남자네. 누나는 너무 슬프다. 뭔가 미스테리한 사건 없으려나.”

투덜거리는 사나의 말에, 후우카는 내심 ‘앗’하고 반응했다. 어제, 아르바이트를 하는 가게에서 일어난 일을 떠올린 것이다. 하지만 입에 담지는 않았다. 그곳의 자신과 이곳의 자신을 동일시하고 싶지는 않았으니까. 후우카는 입을 다물고 어제 가게에서 있던 일을 떠올렸다.

4

후우카가 아르바이트를 하는 곳은 ‘조하리’라는 작은 잡화점이었다. 가게 이름은 커뮤니케이션학에서 쓰이는 ‘조하리의 창'에서 따온 것이라고 점장한테서 들었다.

아르바이트를 시작한 게 1학년 여름이었으니 머지않아 2년 차가 된다. 그리고 2년 차가 되었을 때 일을 끝내기로 정해놓았었다.

"이 케이스에 들어있는 것도 저쪽으로 옮겨줄래?"

점장인 나츠코 씨가 말했다. "네." 하고 대답을 한 뒤 후우카는 눈앞의 쇼케이스에 남아있던 액세서리를 중앙의 세일 코너로 옮겼다.

조하리는 다음 달을 마지막으로 문을 닫는다.

애초에 좋은 입지라고는 할 수 없었다. 가게에서 가까운 역은 반대편이 재개발되어 세련되게 빛나고 있었고, 가게가 있는 쪽은 말 그대로 허름한 상점가였다. 그 상점가의 모퉁이에서 조하리는 8년간 영업을 이어왔다. "더 일찍 망했어도 이상할 게 없었어."라며 나츠코 씨는 웃는다.

"지역의 아저씨, 아줌마들이랑 싼 잡화를 좋아하는 학생들이 있었으니까 이때까지 버틸 수 있던 거야."

후우카도 그 '싼 잡화를 좋아하는 학생' 중 한 명이었다. 당시는 자취를 막 시작했을 무렵이어서 이곳저곳 집 근처를 탐험하고 다녔다. 불쑥 가게에 들어가서 나츠코 씨와 이야기를 나누었고, 좋은 사람이라고 느꼈다. 처음 만났을 때, 나츠코 씨는 서른네 살이었다. 올해로 서른여섯이 되는데, 이십 대라고 말해도 믿을 정도로 젊어 보인다. 특출나게 미인은 아니고 피부도 가까이서 보면 나이에 걸맞는 피부지만, 뿜어져 나오는 특유의 기운이 나츠코 씨를 젊어 보이게 만든다. 결코 말이 많은 사람은 아니었다. 단지, 이야기를 나누고 있으면 마음이 편안해졌다. 부모의 곁에서 막 떨어진 후우카가 조하리에서의 아르바이트를 결심한 이유는 그 아늑함 때문이었다.

그런 조하리가 문을 닫게 된다고 들었을 때는 적잖이 충격을 받았지만, 딱히 경영난 때문은 아니라는 설명을 듣고 안심했다. 이번 달은 순식간에 가게의 상품이 줄어들어서 손님이 오가는 사이에 정리정돈을 하며 보냈다. "올해는 직업체험학습을 받지 못했네."라며, 달력을 보던 나츠코 씨가 아쉬운 듯이 말했다. 후우카는 "어쩔 수 없잖아요." 하고 맞장구를 친다.

"그러고 보니 후우카, 다음에 일할 곳은 찾았어?"

"아직이요. 이번에 술집 면접 보러 가요."

"술집?" 하고 나츠코 씨가 눈을 동그랗게 떴다.

"위험하지 않겠어? 후우카는 귀여우니까 손님한테 안 좋은 일 당할 것 같은데."

"일단 첫째, 술집은 그렇게 위험하지 않고, 둘째, 전 그렇게 귀엽지 않아요."

두 번째로 한 말은 겸손이다.

후우카는 자신이 귀엽다는 걸 자각하고 있다. 그도 그럴 게 항상 귀여워지려 노력을 하고 있다.

나츠코 씨는 미소지었다.

"처음 손님이 왔을 때의 후우카하고는 완전 딴 사람이네."

"아, 그 얘기 하지 마세요."

후우카는 출입구로 눈을 돌렸다. '손님이 들어오면 이야기가 끊기지 않을까.'하고 기대했지만 들어오는 사람은 없다. 그 대신 유리문을 통해 2년 전의 시원찮은 자신이 들어오는 듯한 착각이 들었다.

사람은 어느 날 갑자기 바뀌지 않는다. 자신도 모르는 사이 변화는 일어나고 있고, 정신이 든 순간, 바뀌기 전의 자신은 온데간데없이 사라진다.

"후우카의 남자친구와는 결국 못 만났네."

나츠코 씨는 짓궂게 말하고 노트북 앞에 앉았다.

"면목 없네요. 주변에 별로 좋은 사람이 없어서."

"없을 리가." 나츠코 씨가 힘주어 말한다. "취미가 맞는 사람이나 후우카를 세세하게 신경 써주는 사람 없어?"

'적어도 카케루는 아니네.'라는 생각이 들어 쓴웃음을 짓고 고개를 젓는다.

후우카는 태연하게 물었다.

"아르바이트 첫날에 저 칭찬해주신 거 기억하세요?"

"당신, 겉보기와 다르게 목소리가 낮네. 그것도 섹시 포인트야."

담담하게 말 한 토씨 틀리지 않고 그때의 말을 재현해서 놀랐다. 부끄러운 듯이 나츠코 씨가 웃는다.

"내가 생각해도 참 이상한 말 했다 싶어. 2년이나 이런 이상한 점장하고 얽혀서 괜찮았어?"

"나츠코 씨는 하나도 이상하지 않아요. 전 정말로 이상한 친구를 알고 있는 걸요."

"그래? 그 사람하고도 만나보고 싶네."

후우카는 애매한 웃음을 지었다.

나츠코 씨는 노트북을 열고는 블로그의 댓글을 확인했다. 나츠코 씨는 어제저녁에도 가게의 블로그를 업데이트하고 있었다. 폐점이 정해지기 전에는 신상품 공지도 종종 있었지만, 그때나 지금이나 나츠코 씨의 잡다한 기록이 블로그의 주된 글이었다. 애초에 공지보다는 그것을 기대하고 들어오는 독자가 더 많았다. 나츠코 씨의 문장은 때로는 대단히 정감 넘치고 때로는 웃음이 나와서, 읽고 있으면 계속 읽고 싶어지는 매력이 있었다.

『화창한 봄은 이미 여행을 떠나버려 내년까지는 돌아오지 않겠네요. 이번 주는 비가 계속 내립니다. 누군가에게는 눈물 같은 비, 누군가에게는 상냥한 비. 하늘이 흘린 것을 어떻게 느끼냐에 따라 심리 상태를 알 수 있는 걸지도 모르겠네요. 한 번쯤, 조용히 빗소리에 귀를 기울이고 자신과 마주하는 시간을 가져보는 건 어떨까요?』

『오늘은 우비를 특가품으로 힘차게 팔자고 생각하고 있었는데, 일기예보가 빗나가 맑은 하늘. 덥고 더운 하루입니다. 벌써 여름의 선발대가 찾아왔네요. 당해버렸어요.』

『단골손님이 문을 닫는 게 아쉽다고 말씀해주시는 게 무척 기뻐요. 처음 와주시는 손님도 일생에 한 번 만나는 것처럼 대하고 싶습니다. 오늘은 처음 온 손님으로부터도 되게 마음이 편안해지는 가게라는 말을 들었어요. 기분이 좋네요.』

실은 후우카가 SNS로 꾸준히 일기를 적는 건 나츠코 씨의 영향을 받았기 때문이었다. 나츠코 씨의 문장과는 도저히 비교할 수 없는 시시한 문장이었지만.

영업을 시작하고 두세 시간 정도 지났을 때, 상품의 진열을 고치고 있던 후우카는 이변을 눈치챘다.

도시락통이 진열된 코너였다. 매대에는 상품의 POP가 투명 테이프로 붙어있었다. 주로 나츠코 씨나 후우카가 직접 손으로 디자인한 것이다.

지금 그곳에는 카드가 붙어있었다. 확실히 POP다. 하지만 그건 나츠코 씨나 후우카, 혹은 다른 종업원이 만든 게 아니었다.

조잡하게 자른 색도화지에 유성펜으로 그저 '도시락통'이라 적혀있을 뿐. 빈말로도 예쁜 글씨라 할 수 없었다. 일러스트도 없다.

바로 후우카는 이를 나츠코 씨에게 전했다.

"또야?" 하고 나츠코 씨가 눈썹을 찌푸렸다.

"네……."

그렇다. 'POP 바꿔치기 사건'은 이번으로 두 번째였다.

"2주일 전이었지." 하고 나츠코 씨가 팔짱을 끼고 말한다. 첫 번째를 말하는 것이다. 그때는 쓰레기통의 상품 POP를 바꿔치기해갔었다.

"네. 제가 인턴십 다녀올 동안은 이런 일 없었죠?"

"없었어. 대체 누가 이러는 걸까."

"악질적인 장난이에요."

"장난이라기엔 이상한 짓이네."

확실히, 물건을 몰래 훔치는 것도, 망가트리는 것도 아니고, 단지 POP를 바꿔치기하는 것뿐. 참 미묘한 괴롭힘이다. 그렇기에 기분이 나쁘기도 하다.

"뭔가 메시지를 주려고 하는 걸까? 암호라든지."

불안해하는 후우카와는 반대로, 나츠코 씨는 어째 묘하게 흥미진진한 기색이다.

"점장으로서 화나셔야 할 상황이거든요."

나츠코 씨는 희미하게 쓴웃음을 지었다.

"두 번 있는 일은 세 번 있다니까, 또 당할지도 몰라."

조하리에 감시 카메라는 없었다. 다음에야말로 범인을 잡겠다고 후우카는 결의를 다졌다. 멋진 직장에서 일했던 2년간의 마무리를, 양심 없는 사람의 장난으로 더럽히고 싶지는 않으니까.

5

식사를 마치고 하마노는 아르바이트를 하러 떠났다. 사

나는 남자친구를 만나러 간다고 했다.

“오늘 밤은 히라누마였나.”

카케루가 확인하자 사나가 끄덕인다.

“그 녀석도 소극적인 태도에서 졸업했나.”

“응. 꽤 대담한 구석도 있어. 갭이 있어서 귀엽다는 건 이런 느낌이려나.”

사나가 온순한 얼굴로 그렇게 말하자, 카케루가 웃어넘긴다.

사나가 “바이바이.” 하고 손을 흔들며 떠난다. 배웅하는 카케루의 옆모습을 보고 후우카는 가슴이 시큰거렸다.

그와 동시에 사나를 향한 분노가 싹튼다. 어째서 눈치채지 못하는 걸까. 어쩌면 이미 눈치채고 일부러 카케루를 괴롭게 하려는 건 아닐까.

사나는 전에 아르바이트하던 가게에서 인간관계로 말썽을 일으킨 적이 있다. 그 일에는 카케루도 연관되어 있었는데, 사나는 이를 카케루에게 말하지 않았다. 그 대신, 후우카에게만 이야기했다.

……후우는 이야기하기 편하니까.

그때도 사나는 다 계산하고 있던 걸지도 모른다. 후우카가 카케루에게 이야기할 것이라 말이다. 그런 방식을 취함으로써 카케루의 마음을 가지고 놀고 싶었던 게 아닐까.

너무 지나친 생각인 걸까.

"솔직하게 말하지?"

충동적으로 말이 나온다. 의아한 얼굴로 이쪽을 본 카케루에게 이어서 말했다.

"누마가 진도 나가고 있는 이야길 듣는 게 싫은 거 아니야? 오히려 셰어 연애 자체를 좀 그만두고 싶어진 거 아니냐고."

"응?"

"카케루의 속마음. 스스로 못 깨닫고 있는 것 같아서 하는 말이야. 그냥 사나한테 확실하게 말하는 게 어때? 셰어는 그만두고 나하고만 사귀자고 말이야."

후우카는 그렇게 말했다. 말을 뱉으면서, 충치를 볼 위에서 눌렀을 때와 같은 아픔을 느꼈다. 중간부터는 얼굴을 돌리고 의미 없이 건널목의 신호를 보고 있었다. 그러면서 카케루의 대답을 기다렸다. 파란불의 점멸이 초읽기를 시작한다. 화낼까, 아니면 부정할까.

"시원하게도 말해주네."

"뭐?"

움직이기 시작한 자동차들로부터 카케루를 향해 눈을

돌린다. 카케루는 힘이 빠진 듯한 웃음을 짓고 있었다.

"역시 날카롭네. 사실 좀 그럴지도 몰라."

"인정하는구나?"

"실은 누군가에게 말하고 싶었어. 정말 못 당하겠네."

"그래. 그럼 다행이고."

후우카는 웃는다. 웃음과 함께 아픔이 급격하게 공허함으로 바뀌어 간다. 카케루는 화를 내지 않았고 부정도 하지 않았다. 오히려 아무것도 후우카에게 숨기지 않았다. 기쁜 일이 아니었다. 그저 재차 확인받았을 뿐이다. 헛웃음이 나올 정도로, 자신이 그들의 사랑과는 아무 관계없는 사람이라는 것을.

"지금의 관계를 부수면서까지 사나를 나만의 여자친구로 만들고 싶은지는 아직 확신이 안 서서."

어느새 카케루는 걷기 시작했고, 후우카도 대각선 뒤에서 그를 쫓고 있었다. 후우카의 입에선 적당한 맞장구들이 내뱉어지고 있다. 냉정한 상담자로서의 목소리로 말이다.

뭐야 이게.

두 사람은 거리의 소음에서 벗어나 좁은 보도로 들어갔다. 카케루가 한 개 역 정도 거리를 걷자고 했기 때문이다. '하나가 아니라 몇 개 역이라도 걸을게.'라는 진심을 꽉 누르고, "뭐 괜찮아." 하고 끄덕였다.

주택지나 지역밀착형 상점이 늘어선 언덕을 걷는다. 대학생이 되어 사나나 카케루와 친하게 지내면서부터 알게 된, 역까지 이어진 샛길.

"누마는 사나와 닮은 모양이야. 아마도 이젠 나보다 그 녀석이 사나와 더 가깝겠지."

카케루는 석양이 지는 하늘을 올려다봤다. 후우카도 그에 이끌려 고개를 들었다. 주황색 노을이었다. '아, 태양 너 진짜 너무 드라마틱하게 떠 있는 거 아니야?'하고 욕을 하고 싶어진다.

"굴러 들어온 돌 주제에 치사하다고,"

"치사할지도 모르겠네."

"후우카는 사랑 얘기 없어? 신경 쓰이는 녀석은 없고?"

카케루가 돌아봤다. 후우카는 무심한 척 하늘을 응시한다. 지그시.

"없어."

"배부른 소리." 하고 카케루가 웃는다.

"사람을 좋아하는 법을 잘 모른다고 해야 하나."

후우카는 1년 전까지의, 그러니까 카케루와 만나기 전

까지의 자신에 대해 말했다. 그때까지는 정말로 연애에 일희일비하는 친구들을 강 건너 불구경하듯이 보고 있었다. 왜 성가신 대인관계에 열을 올리는지 이해할 수 없었다.

하늘의 주황빛이 수채화처럼 번진다. 못 박아 놓은 시선을 절대 움직이지 않는다.

"하긴, 그럴 수도 있지."

그렇게 말한 카케루가 앞을 향한 것을 곁눈질로 보고, 후우카는 눈을 깜빡였다.

"그렇지?"

감은 눈꺼풀에 노을 한 방울이 번지고 있었다.

6

늦은 저녁. 후우카는 일기를 썼다. 두 시간 걸렸다. 일기를 쓰는 데 두 시간 걸렸다는 사실을 일기로 써도 될 정도였다.

우선 무한 리필 가게에 간 것, 어렴풋이 기억하고 있는 대화 내용을 쓰려고 했다.

디저트 피자가 그저 그랬다는 것. 옆자리에 앉은 2인조의 모히칸 머리를 보고 모두 웃음이 터질뻔한 것. 타케오 선배가 이력서로 종이비행기를 만들었다는 하마노의 이야기.

대화 분위기도 좋았고 많이도 웃었었는데, 문장으로 옮긴 순간 무미건조한 메모가 되어버린다. 문장력이 없다고 뼈저리게 느낀다. 그저 SNS에 불과한데.

어딘가 부족한 느낌이 들어 POP 바꿔치기 사건을 넣고 싶어졌다. 인터넷상이기에 구체적으로는 쓸 수 없다. 곰곰이 생각해보고 두 줄만 쓰기로 했다.

『주변에 좀 민폐인 녀석이 나타났다.

살짝 따끔한 맛을 보여주고 싶다.』

업데이트 버튼을 누른다.

SNS에 일기를 공개하는 사람 대부분은 관심을 받고 싶은 사람이거나, 자신의 생활을 자랑하고 싶어 하는 녀석들이라고 누군가 잘난 듯이 말했었다. '네, 맞는 말씀입니다.'하고 후우카는 깊게 끄덕인다. 자신은 과연 전자일까 후자일까.

결론을 내리자면 둘 다 맞다.

한편, 첫 번째 이유에 한없이 가까운 제3의 이유도 있다. 후우카는 기다리고 있다. SNS의 친구 중에는 카케루도 있기에, 로그인되어있는 것을 확인할 때마다 '이번엔 댓글을 달아주지 않을까.'하고 기대하고 있었다. 흥미를 아주 조금이라도 가져주지 않을까.

'새로운 댓글이 달렸습니다.'라는 알림을 볼 때마다 마음이 설렜지만, 창을 열 때마다 역시 카케루의 댓글은 없었다. 애초에 카케루는 다른 사람의 일기에 그다지 댓글을 달지 않고, 자신의 페이지도 업데이트하지 않는다.

기분 전환을 하려고 조하리의 블로그를 열었다. 맨 윗페이지는 가게와 큰 창문을 그린 일러스트로 장식되어 있다. '조하리의 창'을 의식하고 있는 것이리라. 후우카는 1학년 때 커뮤니케이션학 수업에서 배운 조하리의 창의 개요를 떠올린다. 사람에게는 총 네 개의 창이 있다. 열린 창, 보이지 않는 창, 숨겨진 창, 미지의 창. 자기분석에 쓰이는 모델이지만, 나츠코 씨는 그저 단어의 울림을 좋아할 뿐이라고 말했었다.

나츠코 씨는 오늘도 블로그에 글을 올렸다. 후우카와 똑같이 상품 POP 사건을 언급하고 있다.

'요즘, 가게에서 미스테리한 사건이 일어나고 있습니다.'

……미스테리라기보다는 영업 방해에 가까운데.

『자세하게는 못 쓰지만, 사소하면서도 이상한 사건이에요. 만약 이 블로그를 읽고 계신 분 중에 짚이는 곳이 있는 분이 계신다면, 댓글을 달아주세요. 짐작 가는 곳이 없어서 신경이 쓰이네요.』

설령 범인이 글을 읽는다 해도 여기에 자수할 리는 없다. 나츠코 씨의 순수함에 조금 쓴웃음이 새어 나왔다.

한숨을 쉬고 자신의 페이지로 돌아오고 있는데, 갑자기 휴대폰이 울렸다. 마음의 준비 없이 휴대폰을 손에 쥐어 화면을 보니 카케루에게서 온 전화였다. 후우카의 입에서 "헉" 하고 목소리가 나왔다.

설마 조금 전 자신의 마음이 초자연적인 힘으로 전해진 걸까? 흐뭇한 망상이 2초 동안 부풀었다가 사라졌다. 단순히 우연이겠지만, 무슨 일일까.

"여보세요?"

"아, 난데 지금 전화 괜찮아?"

"응. 보통 언제든지 괜찮아."

어차피 눈치채지 못할 테니 살짝 진심을 담아 말해본다.

"그거 다행이네."

이것 봐.

"지금 일기 읽었는데."

"응?" 가슴이 두근거렸다. "내 일기?"

"어. 민폐인 녀석이 있다는 둥 적은 거."

후우카는 카케루의 목소리가 조금 술에 절어있다는 걸 눈치챘다.

"오늘 그런 얘기 하나도 안 했었잖아. 누구 말하는 거야?"

"그건 왜?"

"아니 뭐, 푸념이라도 들어줄까 해서."

'왜?'하고 더 물어보고 싶었지만, 후우카의 입에서 나온 건 "지금 혼자야?"라는 확인이었다.

"혼자야."

대답을 들었지만, 후우카는 바로 입을 열지 않았다.

"너도 오늘 내 얘기 들어줬으니까. 뭐 이야기하고 싶지 않으면 안 해도 되지만."

"아니, 들어줘."

후우카는 귀염성 없는 평탄한 말투로 대답했다. 그리곤 사건에 대해 구체적으로, 조금은 과장되게 이야기했다.

그렇게 몇 분간 이야기를 나누었다. "좀 쌓인 게 풀리는 것 같아."라며 감사를 전하자, 묵묵히 듣던 카케루는 "다행이네." 하고 전화를 끊었다.

정적이 깔린 방 안에서 후우카의 가슴만이 술렁이고 있었다.

7

다음 날, 후우카는 사나와 있었다. 평소와 다름없는 대학 일상. 카케루와도 이야기를 나눴지만, 어젯밤 전화를 한 일은 서로 사나 앞에서 꺼내지 않았다. 후우카는 그게 조금 기뻤다.

점심시간, 후우카와 사나는 대학에서 조금 떨어진 편의점에 점심을 사러 나갔다. 대학에서 가장 가까운 편의점은 사람이 너무 많았고, 그래서 스파게티 가게에 갔더니 이번엔 임시휴업 간판이 걸려있었다, 그러다 보니 결국 평소엔 자주 가지 않는 편의점까지 오고 말았다

점심시간이어서인지 이곳도 사람이 제법 북적였다. 사나는 로코모코 덮밥, 후우카는 파스타 샐러드를 손에 들고 대기 줄에 섰다.

앞에 기다리는 사람이 두 사람이 되었을 때, 앞쪽에서 거친 목소리가 들려왔다. 중년 아저씨가 계산대의 젊은 편의점 점원에게 소리를 지르고 있었다. “늦잖아.”라든지 “목소리가 하나도 안 들리는데.”라든지, 하나같이 시비조인 말투였다. 편의점에 있는 모두가 기분이 나빠진다.

젊은 점원은 고개를 푹 숙이고 있었다. 아저씨는 폭력적

으로 혀를 차고는 편의점에서 나갔다.

이윽고 둘의 차례가 왔다.

"어서 오세요."라고 말하는 점원의 목소리가 조금 떨리고 있었다. '어라'하고 눈치챘다. 점원의 얼굴이 낯이 익었다. 분명 같은 대학의 1학년.

"아, 너……." 같이 있던 사나가 입을 열었다. "전에 만났었지."

점원이 사나를 보고 눈을 크게 떴다. 전에 라운지에서 차를 흘리고 사나에게 손수건을 빌렸던 1학년이었다.

"……아, 안녕하세요."

"방금 일은 신경 쓰지 마. 뭐 그런 사람이 다 있담."

후우카는 그런 사나를 둔감하다고 생각했다. 우리 뒤에도 그 과정을 보고 있던 손님이 있는데.

"사나, 그만해."

'응?'하는 표정을 짓는 친구를 제지하고, 후우카는 "둘이 같이 계산해주세요. 로코모코 덮밥은 데우지 않아도 돼요."라고 작게 말한다.

점원, 명찰에 '쿠로사키'라고 적힌 1학년은 꾹 참는 듯한 표정으로 계산을 했다.

봉투를 받은 후우카가 사나를 재촉했다. 사나는 쿠로사

키에게 얼굴을 향하고 말했다.

"힘내!"

'어떻게 그런 말을 할 수 있는 거야.'하고 후우카는 외치고 싶었다. 쿠로사키는 귀까지 새빨개져 있었다.

편의점에서 나오자, 사나는 "시간 없으니까 서두르자."라며 아무 일도 없었다는 듯 빠르게 걸음을 옮겼다. 지금 자신이 한 짓이 틀린 행동일지 모른다는 인식은 아주 조금도 없는 것 같았다.

후우카는 "그래, 그러자." 하고 맞장구만 쳤다.

8

조하리에서 일어난 POP 바꿔치기 사건, 세 번째는 그날의 저녁에 일어났다.

계산대에 서 있던 후우카의 눈에 한 남자가 들어왔다. 딱 벌어진 체형의 젊은 남성. 짧게 깎은 머리를 하고 있었고, 귀에는 피어스를 하고 있었다. 그리고 발을 조금 끄는 듯했다.

이전에 온 적이 있는 손님이다. 그런데, 언제 왔었더라.

막연히 시선을 향하고 있던 후우카는 문득, 남자의 거

동이 수상하다는 걸 느꼈다. 상품의 POP에 손을 뻗었다가 계산대를 확인하고는 다시 거둔다. 그리고 다른 상품의 앞으로 이동해서도 같은 행동을 몇 번씩 반복했다. 사고 싶은 상품을 보고 있는 것 같진 않았다.

설마.

의혹은 적중했다.

후우카가 딴 곳을 보는 척하며 곁눈질로 관찰하고 있자니, 남자가 식기코너의 앞에서 몸을 수그리고 주머니에서 카드를 꺼냈다. 그리곤 재빠르게 POP을 떼고 카드를 대신 붙였다.

저 녀석이다.

후우카는 나츠코 씨에게 "계산대 부탁드릴게요." 하고 말한 뒤 범인에게 다가갔다.

그러자 후우카가 다가오는 것을 눈치챈 남자의 동공이 이리저리 흔들렸고, 이내 홱 하고 도망치기 시작했다.

"잠깐, 멈춰!"

쓸데없는 대사를 던져본다. 물론 남자는 멈추지 않고 그대로 가게에서 뛰쳐나갔다. 나츠코 씨가 불렀지만, 후우카는 이를 무시하고 다급히 남자의 뒤를 쫓았다.

문밖을 나온 남자는 가게 앞에 세워진 스쿠터에 걸터앉

은 뒤, 눈 깜짝할 새에 달려나갔다. 후우카는 스쿠터의 번호판을 응시하고, 재빠르게 손등에 메모했다.

가게로 돌아오자, 나츠코 씨가 식기코너 앞에 서 있었다. POP는 또 조잡한 손글씨로 바뀌어 있었다.

그날 밤. 집으로 돌아온 후우카는 크게 한숨을 쉬었다.

결국, 그 뒤에 나온 나츠코 씨의 방침이란 좀 더 상황을 지켜보자는 것이었다. 후우카는 납득이 되지 않았다. 세 번째 장난이다. 당장 경찰에 신고해도 이상하지 않다.

하지만 나츠코 씨는 "분명 또 와줄 거야." 하고 이상한 손님이 오는 것을 기대하고 있는 듯했다.

답답했다.

조하리가 바보 취급 당하고 있다. 머지않아 끝날 후우카의 추억과 나츠코 씨의 상냥함이 가득 찬 가게가 더럽혀지고 있다. 그런데도 나츠코 씨는 화를 내지 않는다.

SNS에 진정되지 않는 기분을 쏟아낼까 생각했다. 하지만 후우카는 쏟아낼 곳을 바꾸었다.

충동에 몸을 맡겨 카케루에게 전화를 걸었다.

연결음은 다섯 번에서 끊기고, "여보세요."라는 카케루의 목소리가 들려왔다.

"일어나 있었어?"

라고 물었다.

"일어나 있었지."

"지금 혼자야?"

"혼자야."

후우카는 오늘 있던 일을 쭉 이야기했다. 카케루는 "뭐야, 그게. 재밌네." 하고 감상을 말했다.

"재미없다니까. 나 엄청 답답해."

"으음, 그럼 네가 범인을 찾으면 풀릴 일 아니야?"

"내가?"

생각지도 못한 제안에 놀란다.

"스쿠터 번호 적어놨다며."

"적어놨지만 조사할 수 있는 게 아니잖아. 우리가 경찰도 아니고"

후우카의 한숨 섞인 불평에 카케루는 무언가를 꾸미는 듯한 목소리로 "아니, 그게 다 방법이 있단 말이지." 하고 말했다.

"이럴 때는 카사노바지."

후우카는 카케루의 말에 대해 조금 간격을 두고 생각했지만, 결국은 솔직하게 답했다.

"으응……. 뭔 소린지 하나도 모르겠어."

9

다음 날 정오를 조금 지났을 때, 후우카와 카케루는 대학 근처의 카페에 있었다. 카케루가 부른 사람은 사나의 또 다른 남자친구였다.

"츠루타니 후우카라고 했던가."

사쿠라 하루히토는 한참 전에 딱 한 번 만났을 뿐인 후우카의 풀네임을 기억하고 있었다. 약간 놀랐고, 동시에 조금 꺼림칙했다. 조금 꺼림칙한 정도로 끝난 건 사쿠라의 외견과 부드러운 태도 덕분이었다. 후우카는 그게 살짝 분했다.

"그래서 나더러 그 스쿠터남을 찾으라고?"

커피를 홀짝 마신 사쿠라가 테이블 위에 놓인 사진을 본 보며 묻자, 카케루는 바로 고개를 저었다.

"너 말고, 전 여친 중에 탐정 있었지?"

"마리 말하는 거구나."

"이름은 모르겠고."

"잘 지내려나." 태평스러운 말투로 사쿠라가 휴대폰 액정을 두드렸다. 카케루는 망고 주스를 빨대로 휘젓고 있었다.

"마지막으로 연락한 게 네 달 전이야."

"연락해줄지 안 해줄지……."

"아, 여보세요."

카케루가 말하는 중에 사쿠라가 통화를 시작했다.

"마리? 갑자기 미안. 응, 오랜만이야. 잘 지내지. …… 아쉽지만 다시 만나자는 전화는 아니야. ……아, 알고 있다고? 아하하하. 맞아. 실은 부탁하고 싶은 게 있는데."

2분이 조금 지나 사쿠라는 전화를 끊었다.

"찾아봐 준대."

카케루가 일그러진 웃음으로 "너무, 감사, 합니다." 하고 또박또박 말했다.

"방금 전화가 헤어진 여자친구와 넉 달 만에 하는 전화였나요?"

후우카는 질문했다.

"맞아. 너무 가벼웠나?"

"그." 적절한 표현을 생각해봤지만 떠오르지 않았고, "너무 가벼웠어요."라고 느낀 대로 대답했다.

"누구한테나 가벼운 게 아니야."

"혹시 지금까지 몇 명 하고 사귀었어요?"

"축구팀을 만들 수 있을 정도려나."

"열 한 명?"

"한 팀이라고는 하지 않았어."

후우카는 자신의 얼굴이 험악해지는 걸 느꼈다. 사쿠라는 그 모습을 보고 쓴웃음을 짓는다. 진지하게 대답할 생각은 없는 모양이다.

"얼마 전 애랑은 헤어졌어?"

카케루가 말했다. 기분 탓인지, 딱딱한 말투처럼 느껴졌다.

"내일 헤어질 예정이야."

"흐응."

역시 이 사람들의 연애관은 이해할 수 없다.

시작과 동시에 이별을 정해놓고 있다니, 불성실함도 정도가 있다. 상대방이 괜찮다면야 상관없겠지. 하지만 그들의 영역 밖에 있는 후우카로서는 더럽게 느껴졌다.

"화장실."이라 말하고 카케루가 자리에서 일어났다. 후우카는 딱히 사쿠라와 이야기를 나누고 싶은 마음이 들지 않았고, 그래서 그냥 말없이 커피를 마셨다.

"넌 오야마다를 좋아하는 거야?"

하마터면 만화처럼 커피를 뿜을 뻔했다.

"……네?"

사쿠라는 화장실 쪽을 손가락으로 가리키고, 다시 한번 천천히 말했다.

"좋아하고 있어?"

"좋아한다니 그게 뭔가요."

동요를 억누르고 역으로 질문한다.

"철학적인 대답이네." 감탄한 듯이 사쿠라가 말한다. "대답하지 않아도 돼. 별 근거 없이 그렇게 생각했을 뿐이니까. 그건 그렇고 어쩌다 이런 일을 하게 된 거야?"

"뭐, 대학생은 심심하니까요."

사쿠라는 허공을 보고 "아, 그렇지." 하고 납득한다.

"그 무렵엔 사랑에 빠져야 할 것만 같은 기분마저 드니까."

"무슨 말씀을 하고 싶으신 건가요."

후우카가 최대한 공손한 말투로 묻자, 사쿠라도 날카롭지 않은, 부드러운 말투로 "그러니까 역시 좋아하지?" 하고 반문했다.

"적어도 당신은 좋아하지 않아요."

'아무리 그래도 심한 말을 했나.'하고 곧장 후회했다. 하지만 사쿠라는 재밌다는 듯 웃었다.

"그것도 그렇네."

찬찬히 사쿠라의 얼굴을 쳐다봤다. 속이 시커먼 플레이보이의 인상과 함께, 어딘가 여유로워 보이는 인상을 상대방에게 주고 있다.

"많은 여자와 사귀면서 가장 좋아하는 사람은 없나요?"

"다들 각자 가장 좋은 부분이 있어."

사쿠라가 고개를 움츠렸다.

커피를 한 모금 마시고, 후우카는 하나 더 질문했다.

"사나는 어느 부분이 가장 좋나요."

사쿠라는 턱에 손을 대고 생각하는 시늉을 한 뒤, 후우카의 얼굴을 똑바로 바라봤다.

"알기 쉽게 말하자면, 네겐 있고, 사나에겐 없는 부분이야."

"알기 어려운데요."

"누군가를 생각하는 한결같은 마음과, 반짝이는 귀여움이 그녀에겐 없어. 그게 그녀의 가장 큰 매력이지."

카케루가 돌아왔다.

"와, 화장실에 휴지가 없었다니까."

"안 물어봤어."

"그건 큰일이네."

둘에게서 적당한 말과 위로를 듣고 카케루는 입을 다물었다.

카케루에게 사나의 어디가 좋은지 물어보면 뭐라고 대답할까.

묻고 싶지도 않지만.

저녁이 되자 마리로부터 조사결과가 나왔다는 소식이 전해졌다. 후우카는 깜짝 놀랐다. 과연 탐정은 겉멋이 아니구나 싶었다. 사쿠라로부터 카케루에게 연락이 왔을 때, 후우카는 카케루, 하마노와 강의실로 이동 중이었다.

스쿠터의 주인은 우노 켄이치라는 사람이라고 한다.

후우카와 카케루의 반응에 의아한 표정을 짓는 하마노에게, 무슨 일이 있었는지 설명했다.

"뭐? 그럼 범인을 잡을 생각이야?"

"으음, 잡아야 하려나."

"잡는 거 아니었어?"

카케루는 들은 얘기랑 다르다는 표정을 지었다.

"위험하지 않을까."

"나도 같이 간다니까. 정말 위험하면 도망치면 되고."

낙관적이다. 그래도 '같이 와주는구나.'하고 생각했다.

하마노는 팔짱을 끼고 있다.

"근데…… 그, 점장님 의견은 안 들어봐도 돼?"

확실히 그건 고민이다.

"그래." 후우카는 말했다. "잡는 게 아니라, 일단 범인이 어디 사는 누군지 알아내는 것까지만 하자. 그 뒤는 나츠코 씨한테 물어보고."

"점장님 이름이 나츠코라고 했던가. 오케이. 그렇게 해, 그럼."

카케루가 하품을 하며 말했다.

다음 날 토요일, 후우카와 카케루는 범인이 사는 곳으로 향하기로 했다.

스쿠터의 주인, 우노 켄이치는 시나가와구에 살고 있다고 한다. 혼자 사는 건 아닌 모양이다.

"탐정한테 의뢰비 안 내도 돼?"

게이힌 토호쿠선의 덜컹거림에 흔들리며, 후우카는 카케루에게 물었다.

"괜찮은 것 같아. 사쿠라가 밥이라도 사지 않을까."

"그럼 사쿠라 씨한테 사례하는 게 좋을까."

"아니, 어제 받은 팜플렛이 사례 대신이겠지."

사쿠라는 헤어질 때, 친구가 나온다는 극단의 팜플렛을 후우카와 카케루에게 건넸다. 괜찮으면 봐달라는 말과 함께.

카케루는 멍하니 전철의 출입문 위에 달린 화면을 보고 있다. 일기예보가 나오고 있었다. 오후부터 비가 온다고 한다.

실은 어제, 카케루에겐 들리지 않게, 사쿠라가 후우카에게 속삭인 말이 있었다.

“뺏어버리지 그래?”

사쿠라에겐 쓸데없는 참견이라고 시치미를 뗀 주제에, 어제보다 노출이 많은 튜닉과 미니스커트를 입고 온 자신을, 솔직히 바보 같다고 생각했다.

오오이마치(大井町)역에서 내려 마리가 조사한 주소로 향한다.

좁은 비탈길을 내려갔다. 왼편에는 초등학교가 있었고, 쉬는 날인데도 어린이들의 목소리가 들렸다. 스포츠 소년단 같은 게 있는 걸지도 모른다.

횡단보도에서 신호를 기다린다. 갑자기 사이렌이 울려 몸이 움찔거렸다. 카케루도 놀라 가볍게 뛰어올랐다. 뒤편의 소방서에서 소방차가 나온다.

얼빠진 얼굴을 한 카케루와 눈을 마주치고는, 둘이서 동시에 "너무 쫄잖아." 하며 웃었다.

전철에서 본 일기예보대로, 서서히 하늘이 어두워지고 있었다. 후우카는 조금 불안해졌다. 먹구름 때문은 아니었다.

"……이제 와서 하는 말이지만 우노라는 사람의 집에 갑자기 가서 뭘 하면 좋을까?"

"음, 글쎄? 어떻게든 되지 않을까?"

역시 카케루는 낙관적이었다.

20분을 걸었을 즈음, 카케루가 주변을 두리번거리기 시작했다. 이윽고 길을 잃었다는 결론에 다다랐다.

"어떻게 하면 지도를 보면서 길을 잃을 수 있는 거야."

잠깐 쉬자고 말한 카케루는 공원 주차장에 앉아 가슴 주머니에서 꺼낸 담배를 한 개비 입에 물었다.

"여기 피면 안 되는 곳 아니야?"

"사람 없잖아."

"내가 있잖아."

후우카는 재빠르게 카케루의 손에서 담배를 뺏었다.

"야, 뭐 하는 거야."

"기본적인 매너잖아……. 아!"

그때, 후우카가 카케루의 어깨너머에 시선을 고정했다.

"저 녀석."

카케루의 뒤에는 수수한 색으로 된 맨션이 있었다. 1층의 호실에서 나온 남자와 눈을 마주쳤다. 엊그제 조하리에서 본 남자가 틀림없었다.

"우, 우노 씨죠?"

후우카는 물러서지 않고 목소리를 냈다.

"앗, 여긴 어떻게……."

우노는 분명히 당황하는 모습이었지만, 도망치려는 움직임은 보이지 않았다. 카케루가 우노에게 다가갔다.

상황이 이렇게 되자 제아무리 카케루라도 긴장을 하는 듯했지만, 물러서지는 않았다. 후우카는 그저 카케루의 뒤를 따랐다.

다시 가까이서 보니, 가로로도 세로로도 몸이 큰 남자였다. 부스스한 머리에 눈매도 사나웠다.

"우노 씨?" 하고 카케루가 묻는다.

"……어, 그, 응."

"얼마 전에." 후우카가 앞으로 나왔다. "조하리의 상품 POP에 장난치셨죠."

남자가 날카롭게 반응했다. 얇은 눈을 크게 뜨고, "하하" 하고 웃었다.

"장난이라……. 뭐, 그렇지."

후우카와 카케루는 서로 눈을 마주쳤다. 우노는 맨션의 호실을 손가락으로 가리켰다.

"들어올래? 시끄러운 꼬맹이도 있지만."

안내받은 방은 구석에 세탁물이 흐트러져 있었다. 빨랫감을 내놓은 건지 이미 마른 건지 잘 모르겠다. 흘깃 주방을 보자 쓰레기봉투도 쌓여있었다.

"어라? 오빠 일찍 왔네."

탓탓탓 하고 발소리를 내며, 작은 여자아이가 안에서 달려 나왔다.

"잠깐 손님이야. 나즈나, 인사해야지."

"안녕하세요."

'나즈나'라고 불린 여자아이는 대략 다섯 살 정도일까. 둥근 얼굴에 상투 머리를 하고 있었다.

"안녕하세요." 하고 후우카와 카케루는 소곤소곤 대답한다.

"여동생?"

"아무리 봐도 누나는 아니잖아."

우노가 웃으며 말했다.

"안에서 놀고 있어." 하고 나즈나에게 말하고, 우노는 다다미에 앉았다.

"어떻게 여기 사는 걸 알았지?"

"스쿠터 번호를 봐서……."

탐정에게 의뢰했다는 것까진 말하지 않았지만 우노는 딱히 추궁하지 않았다.

"왜 그런 짓을 했는지 이야기할 테니까. 아, 형씨, 담배 피워도 돼요."

카케루의 가슴 주머니를 보고 우노가 말을 꺼냈지만, 상황이 상황인 만큼 카케루도 이번엔 사양했다.

"그럼, 난 필까." 하고 우노는 담배를 물었다.

우노 켄이치는 우리와 같은 나이였다. 그는 설명이 필요하다며 자신의 이야기를 거침없이 하기 시작했다.

우노가 고등학교에 들어가는 해에 음식점을 경영하던 아버지가 뇌경색으로 쓰러졌다. 한 달 정도 의식불명 상태가 이어졌고, 끝내는 돌아가셨다고 한다. 전업주부였던 어머니가 일을 시작했지만, 도저히 생활비를 다 댈 수 없었다. 막 태어난 나즈나를 돌보기도 해야 했다. 게다가 기댈 친척도 적었던 모양이다. 우노는 고등학교를 중퇴하고 취직을 했다. 여러 직종을 전전하다가 물류 회사에서 일하기 시작했다. 정사원은 아니었지만, 어머니의 수입과 합쳐 가족이 생활할 수 있을 정도의 수입은 벌어들이고 있었다. 그런데.

"운전 중에 넘어지고 다쳐서 꼴 좋게 잘렸지. 그렇게 열심히 일했는데."

그렇게 말하며 우노는 웃었다. 그는 연기를 내뿜고 담배를 재떨이에 버린 뒤 말을 이었다.

"다시 취직하려고 해도 불경기고, 이런 중졸을 뽑아주는 곳도 없고, 정말 자신이 뭘 하는지 몰라 몸부림치고 있을 때 떠오른 거야."

"뭐가요?"

"중2때 했던 직업 체험 학습이."

그건 중학생 때, 후우카도 한 적이 있었다. 지역의 가게나 시설에 가서 며칠간 일을 하는 체험 수업이었다.

"설마 조하리에서?"

카케루가 말하고, 후우카는 숨을 삼켰다. 조하리에서는 직업 체험 학습의 접수를 작년까지 했었다. 우노는 고개를 끄덕였다.

"포장을 잘한다고 칭찬받았었어, 나츠코 씨한테. 즐거

운 시간이었지. 같이 갔던 친구들도 잘 맞는 애들이었고. 중학생인 나는 일이라는 건 재밌구나 하고, 진심으로 그렇게 생각했어."

그리고 불과 2년 뒤에, 일을 해야만 하는 생활이 시작되었다.

"조금 추억에 젖은 기분으로 조하리에 갔어. 한 달쯤 되었을 거야."

우노는 "그때 너도 있었지?" 하고 후우카에게 시선을 옮겼다. '역시 낯이 익었던 건 한 번 가게에 왔었기 때문이구나.'하고 후우카는 생각했다.

문득 우노가 먼 산을 보는 눈으로 재떨이를 바라봤다.

"……나츠코 씨한테 말을 걸었어."

"뭐?"

"바보지. 나 같은 걸 기억하고 있을 리 없는데. 겉모습도 완전히 바뀌었고 말이야. 그래도 혹시라도 기억하고 있을지 모른다고 생각했어. 이런저런 이야기를 나누면서 '마음이 편안해지는 곳이네요.'라고 중학생 때 했던 말과 똑같은 감상을 전해봤지만."

후우카의 머릿속에 나츠코 씨가 언젠가 올린 블로그의 글이 떠오른다.

'오늘은 처음 온 손님으로부터도 되게 마음이 편안해지는 가게라는 말을 들었어요. 기분이 좋네요.'

그게 우노였구나.

"블로그를 봤어." 토해내듯이 우노가 말했다. "나는, 첫 손님이라고 쓰여있었지. 물론 알고 있었어. 나츠코 씨는 하나도 나쁘지 않다는 걸. 그렇지만 분하고 슬펐어. 직업 체험 중, 가장 재밌었던 건 상품의 POP를 만들었을 때야. 웃으면서, 생각하면서, 열심히 만들었지. 그래서 떠올려 줬으면 했던 거야. 참 멍청하게도."

말을 마친 우노는 "정말, 미안해."라며 머리를 숙였다.

"나츠코 씨는 딱히 화나 있지 않아요. 경찰에 신고할 생각도 없고……."

"머지않아 조하리는 가게 문을 닫아. 문 닫기 전에 한 번쯤 다시 찾아가 보는 게 어때? 그리고 직접 제대로 말하지 그래."

카케루가 말했다.

우노는 긍정도, 부정도 하지 않고, "뭐 하나 물어봐도 돼?"라고 질문했다.

"응?"

"두 사람은 대학생이야?"

후우카와 카케루는 고개를 끄덕였다. 우노는 순간 입술을 깨물고, 작게 웃었다.

"대학은 재밌어?"

바로 말이 나오지 않았다. 카케루도 입을 다물고 있었다. 우노가 이어 말한다.

"사랑이라든지, 우정이라든지, 그런 드라마 같은 일들이 실제로 있어?"

즐거운 시간이 있는 거지?

후우카와 카케루의 대답을 듣지 않고, 우노는 두 개비째 담배에 손을 뻗었다. 나즈나가 방 안으로 들어와, "오빠, 놀자."라며 보채왔다.

우노의 질문에 답을 하지 않아도 돼서, 후우카는 안도했다.

조금 지나 후우카와 카케루는 우노의 집을 뒤로했다.

"참고로 어제부터 새로운 일자리 생겼으니까. 이제 이상한 화풀이 같은 짓은 안 할 거야."

마중을 나가면서 우노는 마지막에 그렇게 말했다. "다음에 또 봐." 하고 손을 흔드는 나즈나에게 똑같이 손을 흔들고, 후우카는 빠르게 앞을 걸었다.

10

둘은 그날 중으로 나츠코 씨에게 보고하러 가기로 했다. 후우카는 내일 출근이었으니 그때 전하면 됐지만, 왠지 오늘 안에 이야기하고 싶었다. 처음으로 카케루를 조하리에 데리고 가는 셈이다.

가게의 영업이 끝나는 걸 기다리기 위해 이케부쿠로로 돌아왔다. 한두 방울씩 비가 내리기 시작하고 있었다. 비가 본격적으로 내리기 전에 둘은 패밀리 레스토랑에 들어갔다. 카케루는 금연석을 골랐다. 후우카를 배려해주는 게 눈에 보였다.

카케루가 메뉴를 보고 고민한다. 하지만 이 가게라면 분명 까르보나라나 도리아를 고를 것이다. 카케루는 항상 그렇다.

"난 까르보나라."

거봐.

"난 오므라이스."

주문한 음식이 도착하고 곧장 후우카가 말했다.

"뭔가 무거운 얘기였네."

"동감이야."

"아버지가 돌아가셨다든지."

"그러고 보니, 사나의 아버지도 사나가 어렸을 때 돌아가셨다더라."

혼잣말처럼 카케루가 말했다. '사나 얘기는 지금 안 해도 돼.'라고 마음속으로 외쳤다. 그 외침이 전해진 것인지 사나 얘기는 그렇게 끝이 났다.

후우카는 우노를 생각했다. 우노에게는 또래 친구와 걱정 없이 보낼 시간이 부족했다. 아무 걱정 없이 사랑을 하는 것도, 노는 것도 용서받지 못하고, 그저 생활을 위해 일해왔다. 어머니나 여동생을 위해. 그런 우노에게 가장 반짝였던 기억의 장소가 조하리였던 것이다.

"나츠코 씨한테 말씀드릴 거지."

"응. 일단은."

나츠코 씨가 잘못한 것은 없다. 그렇지만 이야기를 들으면 자신을 책망하지 않을까.

"뭐, 걱정되는 건 이해하지만, 그래도 이야기하는 게 좋아."

까르보나라를 포크로 감아 올리며 카케루가 말했다.

후우카는 오므라이스를 입으로 옮겼다.

우노에게는 후우카와 카케루가 어떻게 보였을까. 방탕

하고, 심심하고, 제멋대로인 학생처럼 보였을까.

후우카가 무언가 고민하고 슬퍼하더라도, 우노에게는 그저 팔자 좋은 대학생으로만 비춰질 뿐이리라.

묵묵히 오므라이스를 먹었다. 카케루도 조용히 까르보나라를 먹는다. 오늘 하루 후우카와 카케루만이 공유한 기억을 서로 나누면서.

우노의 이야기는 금방 끝나고, 그 뒤의 몇 시간은 대수롭지 않은 이야기를 이어나갔다. 나중에는 기억도, 증거도 남지 않을 대화를, 후우카는 좋아하는 남자와 나눴다.

11

보고를 받은 나츠코 씨는 고개를 기울이고 미소를 지었다.

"알아봐 줘서 고마워."

세 사람은 영업을 끝낸 조하리의 카운터에 있었다. 오늘도 또 진열대에 공백이 늘어나 있다. 머지않아 자신은 이곳을 떠난다. 오늘 밤은 왠지 뒤따라온 적적함이 후우카의 가슴에 박힌다.

"우노라, 기억하고 있으면 좋았을 텐데."

나츠코 씨가 말한다.

"어쩔 수 없죠."

"가게 문 닫기 전에 와줄까. 우노."

나츠코 씨가 말했다.

"분명 올 거예요." 하고 카케루가 말했다. "이 가게는 우노에게 있어서 추억의 장소이고, 이렇게 끝내는 건 분명 싫을 테니까."

"블로그에 적는 게 어때요. 우노만이 알 수 있는 암호를 생각해서."

후우카도 이어 말했다. 몰상식한 말을 하는 걸지도 모른다. 하지만 나츠코 씨는 평소처럼 웃고 "생각해볼게."라며 끄덕였다.

"블로그는 가게 문을 닫아도 계속할 생각이니까. 앞으로도 읽어주면 좋겠다."

잡화점 점장의 블로그에서, 신혼 주부의 블로그로 바꿀 생각이라고 나츠코 씨가 예전부터 이야기했었다.

나츠코 씨는 가게 문을 닫고, 결혼 상대가 사는 나고야로 떠난다.

"미소카츠나 나고야 코친 가게 안내해주세요." 하고 후우카는 부탁했다. 자신이 언제 나고야에 갈지는 모르지만, 언젠가 신세를 지겠다고.

"그때는 기꺼이 안내할게."라고 말하며 보인 나츠코 씨의 웃음에, 후우카는 분명 이 인연이 쉽사리 사라지지 않을 거라 믿었다.

"그런데 오야마다는 여자친구 있어?"

나츠코 씨가 느닷없이 카케루에게 질문했다. 놀란 표정을 지으면서도, "있어요." 하고 카케루는 대답한다.

"좋네. 어떤 사람?"

"엇……. 꽤 이상한 녀석이에요."

나츠코 씨가 후우카를 봤다.

"혹시 전에 후우카가 말했던 친구?"

"아, 네 맞아요."

작은 목소리로 후우카는 긍정했다.

"꽤 이상한 사람이구나."

"이 녀석도 이상해요."

후우카는 카케루를 손가락으로 가리켰다.

"뭐? 어디가 이상한데."

"그렇네." 나츠코 씨가 상냥한 눈으로 카케루를 바라봤다.

"이상한 사람끼리 이어진 커플이구나. 상성은 중요하니

까. 소중하게 해야지."

카케루가 숨을 삼켰다. 그렇지만 분명 후우카가 더 깊게 숨을 삼켰다. 나츠코 씨가 지금 한 말은 분명 카케루에게 기쁜 말이리라. 그런데, 어두운 표정으로, 카케루는 한순간 후우카를 확실하게 쳐다봤다.

나츠코 씨는 깊이 파고든 게 부끄러운 듯 얼굴을 피하고 의자에 천천히 앉았다. "블로그에 글 올릴까." 하고 말한 뒤, 키보드를 두드리기 시작했다.

오늘이 끝나간다.

젖은 밤의 공기가 후우카를 감쌌다. 대각선 앞에 있는 카케루는 매너를 지키라는 후우카의 불만을 무시하고, 길을 걸으며 담배를 피우고 있었다. 담배 연기가 두둥실 가로등에 날아오른다.

한 상상이 후우카의 안에서 부풀고 있었다.

아마도, 카케루는 후우카의 마음을 어렴풋이 눈치채고 있다.

낯이 익은 등을 바라보며 생각한다. 마냥 둔감한 남자는 아니다. 남들에 비해 다른 사람을 더 신경 쓸 줄 아는 섬세한 남자. 의외로 무르고, 동시에 교활한 남자.

우노 켄이치 찾기를 도운다고 말한 건, 사나와 지내지 못하는 날의 외로움을 채우기 위함이 아니었을까. 사나와 만나지 못하는 날이 늘어나, 자신의 마음을 주체하지 못해 괴로우니까. 그렇기에 카케루는 사나를 생각하지 않아도 되는 시간을 원한 건 아닐까. 후우카는 자신을 싫어하지 않는다. 그렇게 확신한 카케루가 사나를 만나지 못하는 동안 후우카와 단둘이 있는 것을 선택한 거라면. 만약 그렇다면.

후우카는 사나의 대용품 취급을 받았다.

사나가 없으니까, 후우카를 옆에 둔다. 기가 막힐 정도로 카케루의 마음 한가운데에는 사나가 있다.

"있잖아." 하고 불러세운다.

이 상상은 정답일까?

카케루가 돌아본다. 후우카는 가방에서 한 개비 담배를 꺼냈다. 낮에 카케루한테서 뺏은 것을 미처 돌려주지 못한 것이다.

"빌려줘."

후우카는 똑바로 카케루의 눈을 봤다. 담배 끄트머리를 카케루에게 향하고, "불."이라 말한다.

"……너 담배 안 피우잖아."

카케루가 당황하며 말한다.

"피워볼래."

"뭐? 양아치야?"

"양아치 아니거든."

무슨 맛이 나는지 알고 싶다. 카케루는 무슨 맛을 좋아하는 건지. 나보다 왜 사나를 좋아하는 건지.

현기증이 일어날 듯한 독을 몸에 넣으면, 경치가 무슨 색으로 보이는지 후우카는 모르니까.

후우카도 같은 색을 보고 싶다.

물들고 싶다.

후우카는 담배를 물었다. 의아한 표정으로 카케루가 라이터로 불을 붙인다.

어둠 속에 붉은 불씨가 피어오른다.

숨을 마셨다.

시야에 연기가 낀 듯한 기분이 들었다. 냉기가 머릿속에 불어온다. 느껴보지 못한 감각에 소름이 돋았다.

몸이 강하게 거부반응을 일으킨다.

콜록콜록 하고 기침이 나온다.

"야, 괜찮아?"

카케루가 허둥지둥 후우카의 등을 문지른다.

"왜…… 이런 걸 좋아하는 건데. 왜."

후우카는 기침을 억누르고, 그렁그렁한 눈으로 호소했다.

"아니, 이게 한 번 피면 말이죠. 중독이 돼버려서…… 니코틴이."

"장난치지 마, 멍청아."

카케루를 밀치고, 깊게 밤공기를 마셨다. 위를 올려다보니 별이 보였다. 고향의 하늘과는 비교도 할 수 없을 정도로 적고 약하지만, 도쿄에서도 별은 보인다.

도쿄에 오고 나서, 후우카는 바뀌고 싶었다. 그때까지 멋 부려본 적은 없었지만, 연애 같은 건 흥미도 없었지만, 도쿄에 맞춰 자신도 바뀌어야 한다고 다짜고짜 생각했다.

하지만, 문득 도쿄의 별을 바라보고 자신도 모르게 안도한 것을, 후우카는 기억하고 있다.

"나랑 카케루는 비슷한 곳 출신이잖아. 군마랑 토치기. 처음 만났을 때는 고향 이야기로 서로 공감하면서 달아오르기도 했잖아……. 충분히 닮았다고. 내가 사나보다 더 카케루랑 가깝다니까."

카케루는 입을 다물었다. 알코올도 들어가 있지 않은데, 후우카는 자신도 이상하다 느낄 정도로 거침없이 말을 쏟아냈다.

"카케루가 고민하는 모습을 보고 있는 게 싫어. 왜 그런 사람을 위해서 끙끙 앓고 있는 건데. 셰어 같은 것도 솔직히 혐오스럽다고."

화를 낼 때, 자신의 목소리가 평소보다 더욱 낮아진다는 것을 후우카는 처음으로 깨달았다. 시끄럽게 고음을 내며 울부짖는 쪽이 아니라서 다행이라고 생각했다.

나츠코 씨, 이래도 섹시 보이스일까요. 카케루가 느린 동작으로 담배를 휴대용 재떨이에 쑤셔 넣었다.

"후우카? 너 이상해."

"이상한 건 너겠지."

'아아, 오늘까지 이어져 온 관계를 부숴버렸구나.'하고 후우카는 생각했다. 저질러버렸다.

카케루는 후우카에게 등을 보이고, 후우카가 떨어트린 담배를 주웠다. 길거리 흡연은 하는 주제에 길가에 버리는 건 용서하지 않는 모양이다.

카케루는 우두커니 서서 더는 후우카를 돌아보지 않았다.

다시 한번 생각했다. 이 남자는 교활하다.

낯익은 등을 보고, 평소와 같은 생각을 한다. 사나의 대용품이라도 상관없어. 대용품이니까 괜찮잖아.

그 순간, 후우카의 발은 지면을 차고 있었다. 물웅덩이 위를 달렸다. 카케루가 돌아보는 것보다 먼저 등에 도착했다. 팔을 카케루의 몸에 감았다.

미처 목소리가 되지 못한 무언가가 카케루의 입에서 새어 나왔다.

찰싹, 카케루의 목덜미에 뺨을 댄다.

멎었던 비가 다시 내리기 시작했다. 전에도 비가 왔었다. 맥주를 원샷하고, 취한 척하며 안아버릴까 진심으로 생각했을 때. 정장을 입은 나를, 카케루가 평소와 다른 눈으로 본 기분이 들던 때.

알코올의 힘도, 평소와 다른 옷의 효과도, 다 필요 없다.

가랑비였지만, 카케루의 배에 감은 후우카의 하얀 손이 젖어 갔다. 카케루는 아무 말도 하지 않았다. 그렇기에 후우카는 그 목덜미에서, 깊게, 깊게, 숨을 쉬었다.

제4장

봄의 종막

1

극장은 백 명 정도 들어가면 가득 찰 정도의 작은 규모였다.

개연 직전의 장내는 이미 만석이었고, 낮은 무대 위에서는 스태프가 주의사항을 말하고 있었다. 사쿠라 하루히토는 앞에서 세 번째 줄에 앉아있었다. 안경을 벗어도 연기자들의 얼굴이 보인다. 손을 뻗으면 닿을 것만 같이 가까운 거리.

"사쿠라 씨가 아는 분이 이 나가사와라는 분이죠?"

옆에 앉은 사나가 팜플렛을 가리키며 물어온다. 팜플렛에는 출연자의 사진이 담겨있었다.

"응, 맞아."

"대단하다."

아까부터 스태프가 "연극이 시작되면 자리에서 벗어날

수 없습니다. 화장실에 가실 분은 지금 다녀오세요."라고, 마치 협박처럼 주의하고 있다. 실제로 암전이 되고 객실이 가득 차면, 쉽게 빠져나올 수 있을 것 같지 않다.

"화장실은 괜찮아?"

"네. 아까 쏴악 내보내고 왔어요."

"쏴악 내보내고 왔구나."

미소를 지어 보이고 무대로 눈을 옮긴다.

머지않아 조명이 암전되고, 오늘 밤의 무대가 시작되었다.

스포트라이트가 무대의 중앙을 비췄다. 그곳에 나가사와 사쿠라가 서 있었다. 팜플렛의 인물소개에 의하면 조연이다.

"……때는, 1945년 종전을 막 맞이한 일본. 어느 지방도시에서 일어난, 사흘간의 불가사의한 이야기……."

나가사와의 목소리가 관객들의 의식을 다른 세계로 끌어들인다. 낮은 스테이지와 관객들 사이에 농후한 경계가 생긴다. 침범해서는 안 되는 허실의 경계.

나가사와의 서두가 끝나고, 다시 조명빛이 사라져 장대한 음악이 흐른다. 옆에 앉은 사나가 숨을 삼켰다.

작은 극장에 회장이 떠나갈 듯한 박수가 쏟아졌다.

사나가 밤의 어둠 속에 선 채, 셰어 계약서를 찢어발기고 있다.

어째서? 물어보려 했지만 목소리가 나오지 않았다. 거기다 몸도 움직이지 않는다.

꿈이라는 걸 깨달았다. 하지만 바로 눈을 뜨지 않았다.

사나의 무표정인 얼굴이 무너지고 다른 사람으로 변한다. 저번 달에 헤어진 유미코다.

"쓰레기 같은 남자."

또다시 눈앞의 얼굴이 어지럽게 바뀐다. 어느 얼굴이든 자신이 사귀었다가 헤어진 여성이었다. 그녀들은 얼굴이 바뀔 때마다 사쿠라에게 "쓰레기 같은 남자."라고 말한다. '쓰레기 같은 남자'가 마치 돌림 노래처럼 울려서 조금 우스웠다.

이리저리 바뀌던 얼굴은 마지막에 다시 사나의 얼굴로 돌아온다.

"우린 이제……."

계약서를 찢어발긴 사나가 사쿠라의 몸에 부딪힌다. 사쿠라는 순간적으로 칼에 찔렸다고 판단했다.

충격과 함께 눈이 뜨였다. 자신의 방 침대 위.

지독한 아침 기상이었지만, 이런 꿈이 처음도 아니었고 언제 현실이 되어도 이상하지 않다. 무엇보다 이런 인생을 보내는 자신의 인간성이 더 지독하다.

커튼 사이로 들어오는 아침 햇살이 눈부시다. 뉴스에서는 어느덧 장마철에 들어섰다고 전했지만, 요 이삼일은 쭉 맑은 날이 이어지고 있다.

곁의 사나는 아직 색색 숨소리를 내며 자고 있다. 슬쩍 침대에서 나와 휴대폰을 보니, 히라누마 타이키로부터 문자가 와 있었다.

오야마다 일로 하고 싶은 이야기가 있으니 시간을 내줬으면 한다는 내용이었다. 사쿠라는 눈을 가늘게 떴다.

오야마다 카케루의 일로 할 이야기라. 짚이는 곳이 있었다. 저번 달 연휴 때, 사나의 친구인 츠루타니 후우카와 오야마다가 둘이서 사쿠라의 앞에 나타났다. 츠루타니의 마음이 오야마다를 향하고 있다는 건 바로 알 수 있었다. 자신이 부추긴 점도 있지만, 그 뒤로 두 사람 사이에 무슨 일이 생긴 걸까?

그렇지만 오야마다가 사나를 버리고 갈아탄다는 건 상상되지 않았다. 오히려 히라누마 타이키가 사이에 들어온 뒤로 오야마다의 집착이 더 강해진 것 같다고 사쿠라는 느끼고 있었다. 말을 바꿔보면 자신의 존재는 그다지 오야마다의 자극이 되지는 않았다는 것이기에, 조금 슬퍼지지만.

끝나는 걸까.

사나를 중심으로 한 이 '셰어'가 끝나게 된다면 자신부터 떨어질 것 같았는데.

냄비 속에서 삶아지는 달걀을 바라보며, 사쿠라는 답장을 입력했다.

"좋은 아침이에요."

고개를 돌리자 사나가 눈을 비비며 이쪽을 보고 있었다.

"좋은 아침."

"누구한테서 온 문자에요?"

"네 남친."

미소짓고 대답한다.

"제 남친은 사쿠라 씨인데요."

사나는 윙크를 하고선, 느릿느릿 일어나 바닥에 떨어져 있던 속옷을 입었다.

"카케루인가요?"

"히라누마. 다음에 밥이라도 같이 먹재."

"앗, 둘이서 제 뒷담할 생각이죠."

"어떨까." 하고 대답하며 사쿠라는 냉장고로 향했다.

"차가운 음료 마실 거지."

"뭐가 있나요."

"우롱차, 미네랄 워터……. 오, 사나가 좋아하는 건 이 거지."

사쿠라는 '오후의 홍차'* 페트병을 꺼냈다. 사나는 조금 '으으으.'하고 고민하는 듯한 표정을 짓는다. 사쿠라는 고개를 갸웃거린다.

"좋아하지?"

"아침부터 오후의 홍차를 마시는 건 뭔가 죄악감이 들지 않나요?"

"안 들어."

생긋 웃어 보인다. "그럼 주세요." 하고 사나는 양손을 벌렸다.

페트병을 그녀의 손에 건네고, 구워진 토스트와 삶은 달걀을 접시에 담는다.

"고맙습니다."

자리에 앉아, 사나는 토스트에 잼을 바른다. 한입 물고

* 일본의 홍차 음료

는 행복한 듯이 싱글벙글하는 표정을 보고, 사쿠라는 흐뭇해진다.

"어제 무대, 재밌었죠."

"응."

삶은 달걀에 소금을 뿌리며, 사쿠라는 끄덕였다. 기대 이상으로 스토리가 잘 짜여있었고, 사회인 극단이라는 색안경이 벗겨질 정도로 연기자의 수준이 높았다. 적어도 비전문가의 눈에는 그렇게 느껴졌다.

"사쿠라 씨 친구분 연기, 박력이 있어서 가장 좋았던 것 같아요. 주연 두 사람을 완전히 집어삼키고 있었죠."

사나는 입바른 소리를 하지 않으니까 진심으로 그렇게 생각한 것이리라.

"그녀는 학생 때도 연극부의 에이스였으니까. 사나가 그렇게 말했다고 전해줄게."

"언제 만난다고 했었죠?"

"내일."

"잘 전해주세요."

사쿠라는 '훗'하고 웃고, 미소 띤 사나의 입가를 만졌다. 묻어있던 딸기잼을 닦고 핥는다.

"아, 부끄러워……."

얼굴이 새빨개지는 사나의 머리를 거칠게 쓰다듬는다. 사나의 시선이 탁상의 달력으로 향했다.

“그러고 보니 계약 갱신일 다음 주네요.”

계약. 사쿠라와 그녀의 연애 계약을 말하는 것이다.

“눈 깜짝할 새네.” 하고 사쿠라는 고개를 끄덕인다.

2

사쿠라는 만년필이나 볼펜을 주로 취급하는 문방구 회사에 근무하고 있다. 앤틱한 질감과 적당한 가격이 사람들에게 호응을 얻어, 대기업은 아니지만 업무실적은 오름세였다.

회사에 나와 메일을 확인해보니, 나가사와에게서 온 메일이 있었다. ‘키즈 프론트’의 웹디자이너로서 보낸 업무 메일로, 어제의 일은 일절 들어있지 않았다. 나가사와답다는 생각에 웃음이 나온다.

나가사와 사쿠라와의 재회는 정말 우연이었다. 키즈 프론트는 사쿠라가 다니는 회사의 거래처인 광고 디자인 회사로, 기획영업팀이었던 사쿠라는 지금까지 여러 번 신세를 지고 있었다.

4월, 담당이었던 웹디자이너 이시카와가 퇴직을 하게 되어 후임을 소개받게 되었다. 만나기로 한 찻집에 나타난 여성을 보고 진심으로 놀랐다.

"후임인 나가사와입니다." 하고 이시카와가 소개했다. 나가사와가 명함을 내밀며 앞으로 나왔다.

"나가사와 사쿠라입니다. 부족한 점이 많지만 잘 부탁드립니다."

정중한 말투로 인사하는 나가사와. 과거에 갈색 보브 단발이었던 머리는 검은 세미 롱 헤어가 되어있었다. 예전과 달리 안경도 쓰고 있지 않다.

어안이 벙벙한 채, "잘 부탁드립니다." 하고 대답했다.

"우연이네."

그렇게 말하고 싱긋 미소 짓는 나가사와의 얼굴은 대학 시절 그대로였다. 졸업 이후 6년 만의 재회. 사고가 따라가지 못해, 대면이 끝나고도 사쿠라는 한동안 멍하니 있었다. 마침 오야마다로부터 전화가 걸려와 사귀고 있는 여자에 대해 질문을 받았지만, 사쿠라는 건성으로 대답했다.

나가사와 사쿠라는 대학 시절의 동기로, 연극 서클의 동료였다. 확실히 미인이고, 털털한 성격이었기에 구애를 받는 일도 잦았다. 하지만 본인은 "연애는 잘 몰라서."라는 한 마디로, 남성을 친구 이상의 영역에 들이지 않았다.

머지않아 업무 메일과 그렇지 않은 메일을 주고받게 되었다.

공백 기간이 있던 친구와의 연락은 다소 신경을 쓰게 된다. 그런데 나가사와의 메일은 그 시절과 다름없이 자연스러웠다.

랏군.

오랜만에 그렇게 불렸다. 대학 시절의 별명이다.

'최근엔 어때?'라고 질문을 받았을 때는 곤란스러웠다. 아무래도 '불특정다수의 여자와 사귀면서, 대학생과는 세어 연애를 하고 있어.'라는 아방가르드한 대답은 차마 하지 못하고, 일도 사생활도 나쁘지 않다고만 답장했다.

'나가사와는?'하고 반문한다.

여성을 성으로 경칭없이 부르는 건 오랜만이었다.*

'최근에 사회인 극단에 들어갔어!'라는 나가사와의 답장.

'나도 놀랄 정도로 푹 빠져버렸지 뭐야. 센스가 있다고 연출가한테 칭찬도 받았어!'

---

* 번역하면서 잘라내었지만 사실 사쿠라는 친한 여성에게는 'ちゃん / 짱'을, 그렇지 않은 여성에게는 'さん / 씨'를 붙이고 있다. 사나에게도 그렇다.

문장을 보고 상상한다. 분명 나가사와는 손을 흔들며 날갯짓하고 있으리라. 으쓱거릴 때의 버릇이 아직도 고쳐지지 않았다면 말이다.

대화는 그 후로도 이어져, 나중에 술이나 같이 마시자는 얘기가 되었다. 그리고 오늘이 찾아왔다.

정례회의의 사회를 진행하면서도, 동료의 푸념을 들으며 보낸 점심시간에도, 어딘가 기분이 붕 떠 있었다. 오늘 밤, 나가사와와는 어떤 이야기를 하게 되려나.

3

서로의 직장에서 적당한 거리에 있는 신주쿠에서 마시기로 했다.

가부키초 쪽은 너무 사람이 많다며 나가사와가 제시한 장소는 서던 테라스 출구였다. 일곱 시에 만나기로 했지만, 나가사와는 10분 늦게 나타났다.

"미안, 지하철역에서 이렇게 멀리 있던가."

옅은 파란색 블라우스에 7부 바지, 목에는 머플러를 두르고 있었다. 대학 시절과는 다른 그녀의 오피스 캐주얼이 시간의 흐름을 알려준다. 그렇지만 6년의 세월 같은 건 흐르지 않았다는 듯한 나가사와의 언동이 눈 앞에 펼쳐지고 있다.

예약은 번거로우니까 그냥 적당한 곳 찾아서 들어가자는 나가사와의 의견을 존중해서, 우선 가게를 찾는 것부터 시작했다.

5분 정도 번화가 안을 돌아다니다가, 학생이 마시기엔 비싸고, 일정 이상의 맛을 추구하는 어른들은 가지 않는 수준의 체인점을 선택했다.

반 개인실로 안내받았다. "더치페이야." 하고 먼저 말하는 나가사와에게 안심감을 느꼈다.

생맥주잔으로 건배를 했다.

"깜짝 놀랐다니까. 이렇게 다시 만나게 될 줄이야."

"그때는 나만 깜짝 놀랐었잖아."

"아니아니아니, 나도 인수인계할 때 처음 듣고 깜짝 놀랐어."

웃으면서, 서로 밑반찬으로 나온 당면무침을 집는다.

"그러고 보니 오늘 기념일이야. 이것도 우연이네."

"무슨 기념일?"

나가사와의 말에 고개를 갸웃거린다.

"나랑, 칸자키의."

사쿠라의 젓가락 끝에서 당면이 흘러내렸다. 갑자기 그 이름이 나올 줄은 몰랐다.

"아, 그렇네. 사귀기 시작한 날이구나."

사쿠라는 말을 신중히 골랐다.

나가사와는 고개를 끄덕이며 웃었다. 더는 칸자키의 이야기를 하려는 것 같지 않아서, 사쿠라는 안경에 손을 대고 화제를 바꿨다.

"음식은 뭐 시킬까?" 자리에 놓인 터치패널로 주문을 하는 방식이었다. "너 감자 샐러드 좋아했잖아."

"우와, 그걸 용케 기억하고 있네."

"나(僕)도 좋아하니까."

맥주잔을 손에 든 나가사와가 고개를 갸웃거렸다.

"일인칭 나(僕)였던가? 랏군."

"……나(俺)랑 나(僕)가 섞여 있어."

대학 시절엔 줄곧 '나(俺)'였지만, 언제부턴가 '나(僕)'를 더 많이 쓰게 되었다.*

"아, 나(私)도 가끔 나(うち)라고 나올 때 있어. 10대 때 버릇으로 말이야. 이제 30대데."*

나가사와가 크게 한 모금 맥주를 마신 뒤, "크흐" 하고

* '나/俺'는 남성이 일반적으로 쓰는 일인칭으로 '나/僕'는 보다 정중한 표현이다.

숨을 뱉었다. “상쾌하구만.” 하고 끄덕였다.

“관록이 있네.”

“아하하. 나날이 아줌마처럼 돼간달까, 그야말로 중년이 되어가고 있지.”

그렇게 웃는 얼굴은 영락없는 여자아이인데.

평소에 꼬시려는 여성들에게는 아무렇지 않게 뱉는 낯간지러운 말들이 목구멍에서 멈춘다. 그 대신, “스무 살 정도의 학생들을 보면 자기 나이를 뼈저리게 느끼지.” 하고 동조했다.

“우리도 장난 아니네. 그래도, 회사 상사랑 비교하면 아직 한창 젊다는 생각이 들지만.”

“아마 대학 시절에는 고등학생들 보고 젊다고 말했었겠지.”

“그럼 고등학생 때는 중학생들을 부러워했으려나?”

“초등학생들을 보고, ‘아, 너희들은 좋겠네.’ 같은 생각을 하는 중학생이었을지도.”

“그런 꼬맹이 싫다.”

“하지만 그랬을지도 몰라.” 하고 서로 웃었다.

“……그래서, 감자 샐러드랑 뭐 먹을래?”

“그보다 한 잔 더 시킬까.”

"너무 빠른 거 아냐?."

사쿠라는 쓴웃음을 지었다.

나가사와는 2, 3년 전부터 맛을 알게 되었다며, 위스키 하이볼을 주문했다.

칵테일조차 마시려고 하지 않던 순진한 대학생은 이제 없는 듯하다.

둘 사이에 놓인 터치패널을 들여다본다. 가까운 거리에서 코를 간질이는 나가사와의 풋풋한 향기는 그 시절과 다름없었다.

바뀐 것과 바뀌지 않은 것이 섞여 있다. '나(僕)'와 '나(俺)', 혹은 '나(私)'와 '나(うち)'처럼. 살아가면서 '바뀌었네.'라는 말에 기뻐하는 일, '안 바뀌었네.'라는 말에 기뻐하는 일, 어느 쪽이 더 많을까.

4

무대의 이야기가 시작되었다. 나가사와는 대학 시절 사쿠라와 같은 연극 서클에서 활동했다. 졸업을 하고 멀어졌던 연극의 길에 다시 돌아가게 된 건, 방을 청소하던 와중에 나온 대본 때문이었다고 한다. 연극 서클을 하던 시절의 대본이다. 그것을 읽다 보니, 오랜만에 무대에 서고 싶다는 생각이 들었다고 나가사와는 말했다.

사쿠라와 나가사와가 속해있던 연극 서클은, 희망자가 대본을 써서 제출하면 그중에 선별된 것 하나를 골라 공연했다. 선택받은 작가는 그대로 연출도 맡을 수 있었고, 자기 자신이 출연할 수도 있었다.

당시의 이야기를 하다 보니 자연스레 칸자키의 이름이 다시 등장했다.

"달 밑의 토끼, 어떤 연극이었는지 기억하고 있어?"

"물론이지."

두 사람은 추억을 공유하고 쓴웃음을 지었다.

"꽤 유치한 연극이었지."

"나 오랜만에 대본 읽어보고 얼굴에서 불이 나올 뻔했지 뭐야. 다 칸자키 탓이야."

나가사와는 부끄러움을 칸자키 탓으로 돌린다.

"칸자키라."

뭐라 형용할 수 없는 기분으로, 사쿠라는 머리를 긁고 약간 쓴웃음을 지었다.

칸자키 테루오는 명랑하고 쾌활한 남학생이었다. 원체 목소리가 컸고, 그 씩씩함과 남성스러움을 사람들이 좋아했다. 그리고 사람 간의 다툼이나 고민거리에 고개를 들이미는 것을 옳다고 생각해, 문제를 해결하기도, 반대로 만들기도 하는 녀석이었다.

"그런 녀석이 대학 동기로 있는 건 어때."

나가사와가 이상한 질문을 해서 변화구로 대답을 던졌다.

"그런 녀석에게 반해있던 건 너잖아."

"그마안!"

"사귄 사이기도 하고."

사쿠라가 연극 톤으로 말하며 손가락을 향하자, 나가사와도 그에 맞춰 "다 젊은 날의 과오지." 하고 되받아쳤다.

칸자키와 그녀는 약 세 달간, 틀림없는 연인관계였다.

나가사와는 고개를 기울여 닭튀김을 집어먹었다. "어쨌든 대본 넘기다 보니까 오랜만에 무대에 서고 싶어졌어."

"그걸 보고?"

사쿠라가 묻고, 나가사와가 끄덕인다.

"졸업하고서 서클 동료랑 만난 적 있어?"

"모리야 씨의 결혼식, 히이의 결혼식, 마지막으로 사나다마루의 결혼식."

오랜만에 듣는 동료들의 이름이, 어딘가 애틋한 감정을

느끼게 했다.

"전부 결혼식이네?"

사쿠라가 쓴웃음을 짓자, 나가사와가 이 세상의 끝을 보는 듯한 얼굴로 끄덕인다.

"정말, 모두 고삐가 풀린 듯이 가족을 갖기 시작한다니까. 사나다마루는 잘도 날 불렀어." 나가사와는 한 모금, 하이볼을 입에 담는다. "랏군은 사나다마루의 결혼식에도 안 왔었지."

"나야 나중 가서는 서클에 거의 없다시피 하기도 했고, 몇 년 전에 휴대폰 한 번 고장 난 적이 있어서, 번호를 바꿨는데 새 번호를 못 알려줬어."

거짓말이다. 사실은 알리지 않은 것이다. 지금은 이상한 선택을 했다고 후회하고 있다. 사쿠라는 순간 거짓말이 들킬까 나가사와를 살펴봤지만, 그녀는 닭튀김을 맛있게 씹으며 음미하고 있었다.

"저번 무대 재밌었어."

메일로도 했던 얘기지만 새삼스레 감상을 전한다. 연기뿐만이 아니라, 장면전환이나 주인공의 의상이 좋았다고도 말했다.

"극단 사람들은 다 사회인이지? 일하면서 연습하는 건 힘들겠네."

"맞아, 대사량도 장난 아니고. 아, 노병 역할 맡은 아저씨, 평소에는 경비원으로 근무하는데, 일하면서 대사를 암송해서 외우셨대."

"사정을 모르는 사람이 보면 완전 수상한 사람이네."

그렇게 말하며 사쿠라는 웃었다.

"맞아맞아, 근무처의 사원이 어쩌다 그걸 봐서 엄청 뻘쭘했다고 하시더라. 여주인공 맡은 애도 평소에는 조용한 시스템 엔지니어고……. 역시 연기를 좋아하는 사람은 의외로 내향적인 사람이 많아"

나가사와가 말한다.

사쿠라는 나가사와에게 사나의 감상을 전했다.

"그 여자애? 고맙네." 하고 히죽거리는 나가사와의 미소가 도중에 다른 종류로 바뀐다. "랏군의 여자친구?"

"응? 뭐 그런 셈이지."

"왜 애매한 대답이야?"

모듬 꼬치구이가 나왔다. "꼬치 뽑을까." 하고 꼬치와 젓가락을 손에 들자, "완전 현모양천데?" 하고 나가사와가 딴죽을 걸어온다. 둘이서 닭꼬치를 해체하기 시작했다.

"이건, 랏군이 해줘."

뽑기가 힘든 닭똥집을 들이민다.

"요령은 이렇게, 비트는 거야."

으쓱거리며 말해본다. 뽕 하고 빠진 닭똥집이 접시에 굴러떨어졌다.

"공부가 되네."

나가사와가 젓가락으로 집어 먹는다. 사쿠라도 무뚝뚝한 표정으로 닭꼬치를 입에 넣었다.

"그럼 그 아이는 사이가 좋은 친구라는 말이야?" 하고 나가사와가 고개를 든다. "설마 학생 때 버릇을 아직도 못 고친 건 아니지?"

"우와, 닭꽁지 맛있다."

"얼버무릴 생각?"

꼬치를 사쿠라에게 향하고는 찌를 것처럼 내민다.

"랏군. 지금 양다리야? 아님 삼다리?"

"선단공포증 생길 것 같으니까 그만해줄래."

나가사와가 씨익 하고 웃는다. 사쿠라가 부정하지 않으니 확신한 것이리라.

"우와. 정말 아직도 그러고 있는 거야?"

자랑스럽게 고개를 끄덕인다. 그러자 한순간의 침묵이

흐른 뒤, 나가사와의 큰 웃음이 울려 퍼졌다. 사쿠라는 깜짝 놀라 젓가락질을 멈췄다.

"와, 제법이네! 역시 사쿠라야."

그리고는 꼬치를 지휘봉처럼 흔들고 상쾌하게 웃었다.

"욕 안 하네?"

"할 게 당연하잖아. 쓰레기. 여자의 적. 곱게 죽을 거라 생각하지 마."

"와, 그건 좀 상천데."

"상처는 무슨."

감자 샐러드는 감자가 큼직하게, 햄이 두툼하게 썰려있었다. 맛있다. 나가사와도 같은 감상인 듯했다. 서로 아무 말 없이 끄덕인 둘은 눈 깜짝할 새에 접시를 비웠다.

대화는 서로의 일 얘기, 나가사와의 가족 이야기를 경유해 사나의 얘기로 돌아왔다. 어디서 만났냐는 나가사와의 질문에 사쿠라는 "미팅." 하고 대답했다.

"대학생이랑 말이지?"

감탄과도, 어이가 없다는 말로도 느껴지는 반응을 보이는 나가사와를 향해 고개를 젓는다.

"아니, 그때의 미팅 상대는 모두 회사원이었어."

"무슨 소리야?"

나가사와는 고개를 갸웃거린다.

5

작년 겨울이었다. 사쿠라는 평소와 같은 동료들과 4대 4로 미팅을 했다. 사쿠라가 가장 마음에 든 여성은 아쉽게도 아무에게도 흥미를 느끼지 못하는 듯했다. 한편으로 몹시 강한 추파를 보내오는 여성이 있었다. 스즈키라고 하는 그 여성은 비장감을 내비치며 "이름이 흔한 이름이니까 성격도 그럴 거라고 오해를 자주 받아요."라고 주장했다. "그런 오해를 하는 사람이 있다는 게 놀랍네." 하고 위로의 말을 건네자 "상냥하시다. 사쿠라 씨는 다른 사람들과 다르네요."라며 스즈키는 눈을 반짝였다.

해산 후, 스즈키가 한잔하지 않겠냐고 사쿠라에게 물어왔다. 사쿠라는 조금 망설이면서도 소매를 강하게 당기는 스즈키의 손가락을 보며 고개를 끄덕였다.

여러 번 온 적 있는 술집에 단둘이 이동했다. 테이블석에 안내를 받았는데 통로를 사이에 둔 옆자리에 한 여성이 앉아있었다. 뭐 결론부터 말하자면 그게 사나였는데, 이후 약 한 시간 정도는 완전히 타인이었다.

스즈키는 말을 더듬거리면서도 열심히 대화를 이어나가려 했다. 사쿠라는 상대방의 페이스를 어지럽히지 않고, 더욱 이야기 주제가 넓어지도록 배려했으며, 이따금 진심으로 웃었다.

그러는 사이 "저희 사귀지 않을래요." 하고 스즈키가 말을 꺼냈다. 사쿠라는 "저라도 괜찮다면." 하고 미소를 짓는다. 스즈키의 웃는 얼굴이 백 퍼센트 전개되기 전, 사쿠라는 가방에서 종이를 꺼냈다. 항상 들고 다니는 계약서였다. 웃음이 어중간하게 굳은 스즈키가 가만히 사쿠라를 쳐다봤다.

"이건 나와 사귀는 데 있어서 필요한 계약서인데, 동의해줄 수 있겠어? 그러면 사귈 수 있어."

• 사쿠라 (갑) 은 복수의 여성과 교제하고 있다. 그 경박함을 이해하고서 사귀는 것으로 한다.
• 다른 교제 상대 여성에게 대한 원망, 질투를 금한다.
• 갑은 계약자 (을) 과 영속적인 교제를 목표로 하지 않는다. 계약 기간은 3개월을 기본으로 한다. 이후 갱신을 할 경우에는 재차 계약을 체결한다.

계약사항을 읽고 있는 스즈키의 얼굴이 삽시간에 어두워졌다. 사쿠라는 친절히 자신의 연애 방식을 설명했다.

"믿을 수 없다는 표정이네? 그렇지만 농담이 아니야. 물론 이런 교제 방식을 받아들일 수 없다면……."

"받아들일 리 없잖아요!" 스즈키가 거칠게 말했다. "바보 취급하는 건가요? 절 뭐라고 생각하는 건가요? 당신, 얼마나 부끄러운 짓을 하고 있는지 알고 있나요?"

조금 전까지의 얌전한 모습은 사라지고, 사나운 태도로 돌변한 스즈키가 사쿠라를 마구 쏘아붙였다. 사쿠라는 그녀를 달래기 시작했다.

"그렇게 생각한다면 간단해. 나 같은 사람이랑 사귀는 건 그만…… 아."

스즈키가 얼굴을 손으로 감싸고 울기 시작한 듯 했다.

예상치 못한 상황에 곤란해진 사쿠라는 무언가 건넬 말을 찾았다. 그때 옆자리에서 시선을 느꼈다. 사나가 무언가 호소하는 듯한 눈을 하고 있었다. '설마.'하고 생각하며 눈짓으로 반응하자, 사나가 끄덕였다.

그녀와의 소통에 놀라면서도, 사쿠라는 마음을 다잡고 자리에서 일어났다.

스즈키가 놀란 듯이 고개를 든다. 사쿠라는 약간 혀를

굴리며, 그리고 냉담한 어조를 의식하며 입을 열었다.

"뭔가 착각하고 있는 거 아니야? 이 세상에는 다른 여자도, 다른 남자도, 발에 치일 정도로 많다고. 이게 싫으면 다른 사람 알아보면 되잖아. 무거운 사랑 따위 질색이라고."

그리고는 사나의 옆에 앉았다. 스즈키가 눈을 크게 떴다.

"어때?" 사나의 얼굴을 살펴보고 말한다. "같이 마시지 않을래?"

"네?" 하고 사나가 얼빠진 듯이 목소리를 높인다. "이런 상황에 저한테 와도 괜찮은 건가요."

"아무렴 어때. 좋은 게 좋은 거지."

사쿠라는 안경을 스윽 올리고, 사나의 어깨에 팔을 감는았다.

그러자, 사나가 찌릿 노려보고 테이블의 칵테일 잔을 손에 들었다. 눈 깜짝할 새도 없이 내용물이 사쿠라의 얼굴에 뿌려졌다.

"좋을 리 없잖아. 아까부터 듣고 있자니 뭔 개소린데. 여자를 뭐라고 생각하는 거야. 이 쓰레기야!"

무시무시한 목소리로 말하고 사쿠라의 머리를 손바닥으

로 후려쳤다. 강한 충격에 안경이 튀어나갔다.

사나는 사쿠라를 밀치고 스즈키에게 다가갔다.

"자, 울고 있지만 말고 이런 쓰레기한테는 술이라도 뿌리자고요."

그렇게 말하고 스즈키가 마시던 샌디 가프를 손에 든다. 어안이 벙벙한 표정을 짓는 스즈키는 비참하게 고개를 떨구고 있는 사쿠라를 잠깐 내려보더니, 다시 의기양양하게 잔을 들고 있는 사나를 향해 시선을 옮겼다.

"……괜찮아요."

"네? 사양하지 않아도 돼요."

"아니에요." 스즈키는 고개를 젓고 일어난다. "술을 뿌리고 싶은 상대는 따로 있어요."

그렇게 말하고 살짝 미소를 지은 뒤, 사나에게 머리를 숙인다. 사쿠라의 눈앞에 5천엔 지폐를 내던지듯이 놓고서 스즈키는 가게를 나갔다.

"……옷, 미안해요."

스즈키가 떠나고 조금 지난 뒤에 사나가 진심으로 미안한 듯이 말했다. 점원에게 부탁해서 물수건을 받고는 허둥지둥 사쿠라의 옷을 닦는 사나.

"아뇨, 오히려 감사하죠."

안경을 닦고 다시 썼다. 조금 전 보인 거친 모습이 아직 여운이 남아, 자동적으로 말투가 공손해졌다.

"감사하실 필요는 없어요. 정말 친절하시네요."

눈을 치뜨고 웃는다. '의지가 강해 보이는 눈이다.'라고 사쿠라는 생각했다.

"그리고, 연기도 잘하세요."

"학생 때 연극 서클이었어요."

"우와!"

사나가 감탄한 듯이 반응했다.

답례로 한 잔 사겠다고 사쿠라가 말하자 사나도 사과의 의미로 한 잔 사고 싶다고 말했기에, 얼떨결에 서로에게 술을 사주게 되었다.

"그 사람, 술 뿌릴 상대가 따로 있다는 건 아마 전 남친 얘기겠죠?"

사나가 말했다.

"눈치채고 계셨네요? 대단한 관찰력인데요."

"대충 상상했을 뿐이에요. 사람 관찰이 취미라서."

"사람 관찰이 취미라고 하는 사람의 관찰력은 믿지 않기로 했었는데, 다시 생각해봐야겠네요."

"별말씀을요." 하고 사나가 웃었다.

스즈키는 아마도 남자친구와 헤어졌다. 아니, 일방적으로 차인 참이리라. 그것도 불합리한 방법으로 말이다. 그렇기에 미팅에 나와 남자를 잡아서, 상대에게 되갚아주고 싶었던 것이다. 혹은 다시 자신에게 되돌아오게 하고 싶었을지도 모른다. 처음 사쿠라의 소매를 당겼을 때도 잘 보였지만, 왼손 약지에는 선명한 반지 자국이 있었다. 짧지 않은 기간 교제한 것이리라.

사나는 사쿠라의 보충설명에 끄덕이고 "엄청 귀찮네요." 하고 정리했다.

"그렇죠, 뭐."

"사쿠라 씨도 섣불리 위로하는 거 좋지 않아요. 어차피 그런 거, 다 위선이니까."

처음 만났음에도 자신에게 이렇게 깊게 들어오는 그녀에게, 사쿠라는 놀람 이전에 감동했다.

"……그래도 그 아이가 앞으로 걸을 수 있게 도와줬네."

"전 거짓말이 서툰 여자가 싫어요."

"아까 가짜로 울었던 거?"

"전체적으로 남자 앞에서 좋은 여자인 양 어필하려는 모습 같은 거요. 물론 말도 안 되는 이유로 여자를 차는 남자가 더 싫지만요."

독설임에도 불구하고 이상하리만치 불쾌감이 들지 않았다. 그저 좋고 싫음을 말하고 있을 뿐이라서 그런가.

"계약서를 보여주세요." 하고 사나가 말했다. 항목을 읽는 그녀의 표정에 조금씩 묘한 웃음이 번진다.

"재밌네요. 이런 계약을 받아들이는 여자가 있나요?"

"있어. 소수지만."

연애에 대한 마음가짐이 다소 일반적이지 않다. 그뿐이다.

"저도 될 수 있나요?"

헤어 카탈로그를 보고 '이 머리 귀엽지 않나요?'라고 말하는 듯한 느낌으로, 사나는 말했다.

"……내 여자친구가?"

"네. 실은 지금 남자친구랑 엄청 싸우고 있거든요. 그래서 혼자 마시고 있던 거에요."

그렇게 말하며 사나는 얼굴을 찌푸렸다.

"아, 자극이 되어 줬으면 한다고?"

"그런 것도 있죠. 하지만 그것보다도, 완성도가 높은 사랑을 추구하지 않는 것 자체가 마음에 들었어요."

완성도가 높은 사랑. 그건 평생을 바치는 사랑일까.

"어떤가요."

사나가 살짝 고개를 갸웃거렸다.

"물론이지. 계약을 해준다면 말이야." 사쿠라가 대답했다. 이렇게 언젠가는 끝날, 사나와의 완성도가 낮은 사랑이 시작됐다.

6

화장실에서 손을 씻으며 사쿠라는 한숨을 쉬었다. 조금 전 나가사와에게 사나와 처음 만난 이야기를 끝낸 참이다. 나가사와는 '헤에.' '흐응.' '뭐?' 등등을 쓰며 이야기를 잘 들어주었다.

"너무 말이 많았나?" 하고 거울에 묻는다. 그렇지만 뱉은 말은 주워 담을 수 없다. 자조적인 웃음이 나온다. 예전부터 바뀌지 않는다. 사쿠라는 자신이 다른 사람을 좋아하는 것보다 다른 사람이 자신을 좋아하는 것을 바란다. 아니, 좋아하는 것까진 바라지도 않는다. 정확하게 말하면 '싫어하지 않는 것'이다. 사쿠라는 '난 칸자키는 못 되겠네.'하고 생각했다.

자리로 돌아오니 나가사와가 사쿠라의 수첩을 넘기고 있었다.

"야, 야."

팔을 크게 휘둘러 뺏으려 하자, 나가사와는 요리조리 피해 테이블에 놓았다.

"아까 가방에서 떨어졌길래 주웠어."

"줍더라도 읽지 말라고."

나가사와는 눈을 가늘게 뜨고 히죽였다.

"꼼꼼하다고 칭찬해야 하나?"

수첩에는 교제하고 있는 여성들에 대해 메모가 적혀 있다. 한 사람 한 사람의 식사나 옷의 취향, 즐거워하는 이야기 주제, 원할 것 같은 물건, 고민이 있을 때의 표정……. 그런 것들을 잊지 않으려 기록해두고 있다.

"여러 사람과 사귄다고 해서, 각각을 소홀히 하고 싶지는 않으니까."

"랏군, 내가 획기적인 제안을 할게. 한 사람만 정하면 돼."

"그럴 수는 없어."

음악의 이야기를 하자면 이 아이, 같이 운동을 하자면 이 아이. 이 아이와는 조용히 시사 이야기를 하고 싶고, 속궁합을 중시하자면 이 아이가 좋아.

한 사람만을 정하는 건 아깝고, 여러 가지를 한 사람에게 요구하는 건 너무 가혹해.

그런 주장을 사쿠라가 열변하자, 나가사와는 "심각한 병이네." 하고 일축했다. 사쿠라는 이어 말한다.

"예를 들면, 이성 친구가 10명 있는 남자는 평범하지?"

"응."

"10명의 이성 친구가 있는 남자는, 동시에 10개의 사랑을 하는 거랑 같다고 생각해."

나가사와가 한숨을 쉬었다.

"잠깐 하나만 짚고 가자. 난 랏군의 친구였던가?"

"절친이라는 걸로 하자."

쓴웃음을 짓는 나가사와의 얼굴을 비스듬히 쳐다보며, 사쿠라는 느슨해지려는 대화를 이어나갔다.

"넌 좋은 상대 없어?"

"없어." 나가사와는 즉답하고 하이볼을 마신다. "어디에도 없어."

사쿠라는 접시에 하나 남아있던 달걀말이를 먹었다.

"설마 쭉 없어?"

"놀랍게도 내가 사귄 상대라고 말할 수 있는 건 칸자키뿐이야."

사쿠라는 순간 가슴이 덥석 쥐인 듯한 감각을 느꼈다.

사쿠라의 표정을 어떻게 느꼈는지, 나가사와는 얼버무리려는 듯이 말한다.

"나도 사랑은 하고 싶어. 그래도 그, 딱히 좋은 도련님도 없고."

도련님이라는 단어 선택에 웃음이 나온다.

"아니아니, 널 꼬시려는 남자가 없을 리 없잖아. 너무 철벽인건 아니고? 아니면 눈이 너무 높은 건가? ……칸자키 같은 사람이 정말로 좋았어?"

자신도 모르게 연달아 질문을 해버렸다.

"지금 생각해보면 그럴지도."

나가사와가 대답했다.

"뭐라 할까. 손에 넣을 수 없는 남자? 같은 건 아무래도 좋지만."

"손에 넣을 수 없는 남자라는 표현은 웃음이 나오는데."라고 사쿠라가 말하자, 나가사와는 "그 녀석은 어디로 사라졌을까." 하고 힘없이 중얼거리곤 천장을 바라봤다. '아마도 무의식적으로 밤하늘을, 달을 보고 싶었던 게 아닐까'하고 사쿠라는 생각했지만. 딱히 입 밖으로 뱉진 않았다.

"녀석이 어디로 갔는지는 너밖에 모르잖아."

"나도 몰라. 생각한 건……."

나가사와의 말이 부자연스럽게 끊긴다.

7년 전. 아름다운 보름달이 뜬 밤에, 칸자키는 어디론가 사라진 것이다.

7

"벌써 7년이나 지났다니 말도 안 돼."

잔을 비운 나가사와가 터치패널을 자기 앞으로 가져간다. 그리곤 패널을 조작하며 물어온다.

"칸자키가 고백했을 때 했던 말 기억해?"

"앞으로도 쭉 아름다운 달을 둘이서 보지 않을래?" 사쿠라는 짧게 대답한다. "나츠메 소세키에서 따온 거잖아."

나츠메 소세키가 'I Love You'를 번역한 말이라 전해지는 '(당신과 보는) 달이 아름답네요.'에서 착안한 대사였다.

"아직도 가끔 달을 보면 떠올라."

"나도 가끔 생각해. 그 석 달은 나도 즐거웠었고."

나가사와는 입술을 삐죽이고 고개를 갸웃거린다.

"모두 우리를 보고 히죽거렸지. 우리 데이트는 대부분 서클 동료들 눈에 들어오는 곳이었으니까 어쩔 수 없었지만, 그래도 다들 너무 놀렸다고.”

“그렇지. 좀 심하긴 했어.”

“다른 사람 일처럼 말하지 마.”

실눈으로 노려본 뒤 터치패널을 건네온다. 사쿠라는 시치미 떼는 얼굴로 건네받아 소주를 고른다.

사쿠라는 메뉴를 보며, 그 때의 나가사와를 떠올리고 있었다.

……칸자키. 아무래도 난 네가 없으면 무척 괴로운 모양이야. 그러니까 어디에도 가지마.

나가사와 답지 않다. 그렇지만 확실히 나가사와가 했던 말이다.

그 말을 정면으로 들은 칸자키의 표정은 당연히 사쿠라에게 보이지 않았다. 그저, 대답은 이러했다.

……쭉 곁에 있을 거야.

“랏군은…… 칸자키가 좋았어?”

“그렇지. 즐거웠었고…….”

메뉴를 정하고, 사쿠라는 나가사와의 얼굴을 흘깃 쳐다봤다. 우연히 움직인 그녀의 시선과 부딪혔다. 오늘 밤, 몇 번이고 눈이 맞은 순간은 있었는데, 이때는 왠지 모를 감정이 들어 눈을 피하고 말았다. 안 돼. 냉정한 목소리를 낸다.

"좋은 추억이 됐어. 나가사와는?"

"물론 나도 좋은 추억이야. 처음이자 마지막 키스이기도 했고."

나가사와가 갑자기 키스 얘기를 꺼내자 당황했다. 뭐라 형용할 수 없는 기분이 들어 일단 웃었다. 남자친구가 쭉 없다면, 나가사와의 뺨에 입술을 댄 남자도 칸자키 밖에 없다는 건가. 조금, 아니, 꽤 죄악감이 들었다.

"그 세 달도, 그 전의 1년 반도 난 무척 즐거웠으니까." 나가사와가 이어 말한다. "모두와 어울렸지만 특히 랏군하고 같이 있었지."

"응? 딱히 그렇지도 않았던 것 같은데. 그거 기억이 날조된 거야."

"거짓말이야. 그래도 랏군하고 자주 얘기했었어. 칸자키에 대해서도 잔뜩……."

주문한 술이 나와서 나가사와의 말이 중단된다.

8

'달 밑의 토끼'의 상연 후, 요컨대 3학년의 가을 이후, 사쿠라는 서클로부터 거리를 두었다. 취직 활동도 바빠졌고, 애초에 일시적인 참가였었다는 이유도 있었다. 서서히 동료들의 모임에도 참가하는 횟수를 줄였고, 끝내 모두의 앞에서 페이드 아웃했다. 당연히 나가사와와 접하는 시간도 줄어들었다.

그래도 정보는 들어왔고, 겨울이 되기 전에 나가사와의 실연 이야기가 귀에 들어왔다.

그때부터 지금껏, 나가사와는 이전처럼 밝게, 그리고 성실하게 지내오고 있다.

이야기는 한 번 돌아 일 얘기로 돌아왔다. 나가사와는 종종 힘든 이야기를 꺼내긴 했지만, 약한 소리나 푸념을 늘어놓지는 않았다.

"내가 이렇게 제대로 일할 수 있을 거라 생각도 못했어."

가게의 마지막 주문 시간이 가까워졌을 무렵, 먼 산을 보는 듯한 눈으로 풋콩을 바라보던 나가사와가 말했다.

"나도 그래. 더 좌절하거나 포기하는 일이 늘 거라고 생각했는데, 의외로 거칠게 살아갈 수 있단 말이지."

사쿠라가 그렇게 말하자 나가사와는 고개를 옆으로 저었다.

“나는 꽤 좌절할 뻔한 적 많아.” 나가사와는 말했다. “일이 일이다 보니까. 말도 안 되는 납기에, 철야가 이어진 적도 있고. 레벨이 높은 걸 요구하는 클라이언트일수록 말이 안 통해서 말이지. 디자인하고 아트를 구별 못 한다던가. 그래도, 그럴 때마다 꺾이면 안 된다고 불타올라. 그래서 지금까지 내가 디자인한 안건으로 후회한 적은 없어.”

그렇게 딱 잘라 말한 나가사와가 대단하다고 생각했다. 딱히 사쿠라에게 칭찬받고 싶은 생각이 아닌, 자신이 뒷받침된 자기평가를 입에 담는 모습이 대단하게 느껴졌다.

“랏군은?”

질문을 받고 부끄러워진다.

“난 무난히, 미끄러지지 않는 대신, 높이 뛸 일도 없는 인생. 모험은 안 해.”

“사생활은 장난 아닌데.”

“언젠가 인생의 밑바닥에 떨어질 법한 보복이 올 지도 몰라.”

“밑바닥……. 아니, 그래도 칸자키가 말했었잖아.”

“아, ‘당신이 웃어준다면, 밑바닥이라도 나는 괜찮아.’라는 말?”

"어, 그거!"

나가사와가 목소리를 높인다.

"그거 너가 말하게 했던 거잖아."

"그건 그런데, 그보다 내가 떠올린 말을 잘도 알았네."

"싱크로한 거지."

"싱크로라." 하고 나가사와가 미소 짓는다. "봐, 랏군에게는 '당신'이라 부를 사람이 있어. 그것도 한 명이 아냐. 재고도 많아."

"재고라고 말하는 건 실례야."

"랏군이 가장 실례야."

찍소리도 나오지 않는다.

"좋아하는 사람이 웃어준다면 밑바닥이라도 괜찮아?"

그렇게 묻는 나가사와의 웃는 얼굴을 보지 않고, 웃음으로 얼버무린다.

"어떠려나. 어려울지도……. 칸자키는 연인을 소중히 생각했구나."

"그랬다면 여자친구를 버리고 어디론가 안 사라지지."

제 얼굴을 가리키며 나가사와가 말했다. 말투가 차갑게 느껴졌다.

"그건 버린 게 아니라."라고 말하려다, 쓸데없는 소리인 것 같아 말을 삼켰다.

칸자키의 행방은 모른다. 고향으로 돌아갔다는 게 정설이지만, 북쪽으로 여행을 떠났다는 설도 있고, 남쪽 바다로 배를 타고 떠났다는 소문도 있다. 나가사와가 모른다고 하면 아무도 모르겠지.

중요한 건 그가 어디를 갔든 그를 아는 사람들의 가슴속에는 멀쩡히 살아있다는 것이다. 나가사와의 가슴속에도.

마지막 술이 나오고, 나가사와는 말수가 줄었다. 취한 것도, 지친 것도 아니고, 무슨 말을 할지 고르고 있는 듯이 보였다. 그렇게 보였을 뿐이지만.

"랏군. 랏군은 왜 랏군이더라."

로미오와 줄리엣 같은 질문이다.

"아, 이 별명 붙인 건 서클 사람인데, 아마 사나다마루였을 걸. 이유 기억 안 나?"

"기억이 애매해."

"네가 사쿠라라는 이름이니까."

부내에 사쿠라가 두 사람 있으면 헷갈린다. 나가사와는 대부분의 사람들에게 사쿠라라고 성이 아닌 이름으로 불리고 있었다. 그와 반대로 사쿠라를 하루히토라고 부르는 사람은 없었다. '사쿠라 군'이기에 '사쿠랏군', 줄여서 랏군이 된 것이다.

"그랬지, 내 탓이었어." 나가사와가 히죽히죽 웃었다. "날 나가사와라고 부르는 건 랏군 밖에 없었지."

"그랬던가."

"언제였나, 사나다마루가 말했었어. 너 랏군이랑은 사귀지 마, 만약 결혼이라도 하게 되면 사쿠라 사쿠라가 되어버리니까, 라고."

그 녀석이? 사쿠라는 최고로 쓴웃음을 지었다.

"그래도 반대로 나가사와라고 불리는 거, 나름대로 특별한 기분이었지."

나가사와가 말했다.

'무슨 반대?'라고 물으려다 이 말도 삼켰다.

9

너무 애기한 듯한, 그러면서도 부족한 듯한, 그런 묘한 기분을 안고 역으로 향했다.

사쿠라와 나가사와는 흐르는 인파 속에 녹아들어 있었

다. 한 가게 더 가자고는 어느 쪽도 말하지 않았다.

문득 사쿠라는 대학 시절의 한밤을 떠올렸다. '달 밑의 토끼'의 뒤풀이. 연극 서클의 동료들과 마신 밤이다. 물론 나가사와도 있었다. 시시한 주제로 마시고, 이야기하고, 웃고 있었다. 한순간도 헛되이 보내지 않는 쓸데없는 이야기가 피고 졌다. 무슨 이야기를 했는지 지금은 기억도 나지 않고, 떠올린다 해도 그 순간이 다시 돌아오는 일은 없다.

막차를 보내고 여럿이서 노래방에 가 밤을 지새웠다. 날이 밝기 전, 첫차가 움직이는 선로 가의 길을 걸었다.

……칸자키, 뛰자!

밤을 지새운 텐션으로 나가사와는 외치고, 하늘이 밝아오는 방향으로 뛰기 시작했다. 무기력한 분위기가 감도는 동료들 사이에서, 그녀는 늠름해 보였다. '칸자키, 뛰자잖아.'하고 동료, 아마도 사나다마루가 흉내를 내고 웃었다.

……언젠가 어디로 아침 해를 보러 가자. 먼바다까지 가서 다 같이 날밤을 새우고 말이야.

따라붙은 칸자키에게 그녀는 번뜩 떠오른 생각을 말했다.

……가고 싶네. 터무니없지만.

이라고 대답했다.

……선로를 따라가면 어디든지 갈 수 있잖아?

결국, 다 같이 아침 해를 보러 가는 일은 없었다. 그때 뒷일로 미룬 터무니없는 일은, 아마 영원히 할 수 없으리라.

신주쿠역의 개찰구 앞, JR과 지하철의 갈림길에서 "오늘은 고마웠어." 하고 나가사와가 말했다.

"나야말로 고마워."

이 '고마워'는 그때엔 없던 두 사람의 '거리'였다.

"또 같이 마시자."라며 나가사와가 미소 짓는다. "오늘은 추억에 잠겼어."

"나도. 일단 다음엔 남자가 생겼다는 보고를 기대하고 있을게."

그러자 나가사와는 고개를 저었다.

"칸자키를 넘는 남자는 없을지도."

눈물샘을 기습공격당했다. 사쿠라는 미소를 지어 눈물이 흐르는 것을 막았다. 지금 흐르는 눈물에 이유를 붙일 자신이 없었다.

나가사와는 아무 일 없이, 즐거워 보이는 그대로이다.

작별인사를 주고받는다. 그녀가 점점 멀어져, 사쿠라도 손을 흔든다. 다시 만날 일은 있을까.

"사쿠라."

주위의 인파에 둘러싸여 사라지는 작은 중얼거림이, 사쿠라의 입에서 새어 나오고 있었다.

10

나가사와와 마신 주의 주말에 사나와 만났다. 나가사와와 주고받은 이야기에 관해 대화를 나눴다. 수족관 데이트를 끝내고 사쿠라의 집에 온 사나는 '달 밑의 토끼'의 대본을 보고 싶어 했다.

사쿠라는 주저했지만, 결국 옷장 안에 넣어둔 과거의 물건들을 꺼냈다.

'달 밑의 토끼' 작(作) 나가사와 사쿠라.

"이거군요."

"그거야."

사나는 건네받은 대본을 반짝거리는 눈으로 넘겨 간다.

"이런 청춘 부럽네요. 나가사와 씨가 여주인공이구나."

그렇게 말하고 사나는 살짝 눈을 감았다. 전에 본 무대

위의 나가사와를 대본에 투영하고 있는 걸지도 모른다.

다시 사나는 페이지를 넘겼다.

왠지 안절부절못하는 기분이 들어, 사쿠라는 방에서 나와 냉장고로 향했다. 문을 열자 오후의 홍차가 보였다. 이미 저녁 시간이기에 아무런 거리낌 없이 마신다.

"사쿠라 씨, 서클은 왜 안 나가게 되신 거예요?"

돌아보자 사나는 이쪽을 보고 있었다. "이야기만 듣고 느낀 거지만…… 바쁜 게 다가 아닌 것 같아서."

이 아이는 역시 날카롭다. 사쿠라는 머리를 긁고 약간 쓴웃음을 지었다.

"……사나다마루, 본명 사나다 아츠야라고 하는 녀석이 동기 중에 있어서." 사쿠라는 허공을 보고 급우의 얼굴을 그곳에 떠올린다. "녀석은 입학하고 줄곧 나가사와를 좋아했어."

……곁에 있으면 가슴이 괴로울 정도로.

고민을 들어주는 사쿠라에게 사나다는 그렇게 말했다.

그렇게나 일편단심으로 사랑의 아픔에 괴로워하는 남자는 그 뒤로도, 그 전에도 그 녀석밖에 보지 못했다.

"하지만 그 녀석은, 나가사와에게 고백을 안 한…… 정확히는 못 한다고 했었지."

"왜요?"

"나를 좋아한다고 하더라고. 나가사와가 말이야."

사쿠라는 자신의 코끝을 손가락으로 가리켰다. 사나는 놀라지도 않고 "사쿠라 씨를 좋아했던 건가요?"라고 확인해왔다.

"그럴 리 없지. 단지 사나다마루는 그렇게 주장했어. 나는 나 때문에 그 녀석의 사랑이 진행되지 않는 건 싫었고, 뭐라 할까 내가 그 장소를……." 사쿠라는 기억 속에서 미화된 서클 동료들이 모이는 무대를 상상한다. "……인간관계의 다툼으로 더럽힐지도 모른다고 생각하니 싫었어."

"좋아하는 장소였나요?"

"그렇지."

그래서 차라리 아직 불화가 없을 때 사라지자고 생각했다. 그렇게 말하자 사나는 "상냥하네요."라고 말한 뒤 대본으로 눈을 돌렸다.

"아, 사쿠라 씨 등장했어요."

대본을 들어 올리고 희희낙락하게 말했다.

"이 칸자키라는 캐릭터가 사쿠라 씨의 역할이네요?"

"그래."

부끄러움을 억누르고, 사쿠라는 웃는 얼굴로 대답했다.

"나가사와의 연인 역이지."

'칸자키'는 카구야 공주를 모티브로 한 현대극, '달 밑의 토끼'의 남자 주인공이다. 카구야 공주의 운명을 짊어진 나가사와가 연기하는 카구야는, 인간의 모습으로 하계에서 생활하는 사이 인간인 칸자키와 사랑에 빠지게 된다.

하지만 카구야는 하계에서 쭉 살아갈 수 없었다. 칸자키는 같이 살자고 호소했지만 그럴 수 없었다. 카구야는 칸자키를 두고 가야만 했다.

달에 돌아가기로 정해진 날, 칸자키가 취한 행동은 카구야보다 먼저 카구야의 앞에서 사라지는 것이었다. 마지막으로 만나자고 정한 장소에 칸자키는 나타나지 않았고, 편지만 남겼다.

카구야는 편지를 읽지 않고, 혼자 달로 돌아갔다.

칸자키의 행방은 극 중 밝혀지지 않는다.

초고를 쓴 나가사와는 심사결과에 놀라있었다. 본인은 설마 뽑힐 거라고는 생각 못 했다며 당황했지만, 주역 히로인은 만장일치로 작가 본인으로 결정되었다.

"상대역은 남자부원의 제비뽑기로 정했어."

칸자키역이 사쿠라가 되어 사나다의 마음속은 평온하지 않았던 모양이다.

부의 연습방침 중에는, '최대한 평소부터 역할 그 자체가 되도록 주의해서 행동한다.'라는 것이 있었다. 나가사와가 열심히 하기도 했기에, 필연적으로 연습을 하는 세 달 동안, 사쿠라와 나가사와는 같이 있을 때, 특히 다른 부원이 있는 곳에서는 연인처럼 행동하게 되었다.

물론, 실제로 연인이 할 법한 행동은, 둘이서 수업을 받거나, 데이트를 하거나, 낯간지러운 사랑 대사를 서로 작위적으로 속삭이는 정도였다. 그런 모습을 보고 있는 부원들에게는 자주 놀림을 받았다.

사쿠라도 나가사와도 연기를 하고 있었다. 그뿐이었다.

마음, 이라고 하는 것은 시간과 함께 무의식적으로 변해간다.

예를 들면 '사랑'도 '우정'도 아니었던 순수한 '소중함'은, 언제부턴가 단순하고 알기 쉬운 '사랑'이나 '우정'으로 분류된다. '아니야. 좀 더 복잡하고 까다로운 것이었어.'하고 저항하는 마음은, 성장이라는 잔잔한 파도에 쓸려 추억에 잠기고 만다. 불확실한 것만이 늘어간다.

확실한 건, 자신은 나가사와에게 미움받는 것을 너무나도 무서워했다는 사실뿐이다.

"사쿠라 씨가 정말로 좋아하는 건 나가사와 씨 아닌가요? 그러니까 다른 사람이나 저처럼 사귀지 않는 거고."

이야기 도중에 사쿠라는 고개를 젓고 있었다.

"아니야."

시원히 고개를 끄덕인 사나는 한 번 더 질문했다.

"나가사와 씨는 사쿠라 씨를 좋아하지 않을까요. 과거, 혹은 지금."

"그럴 리 없다니까."

"본인 외에는 모르잖아요?" 사나는 끙 소리를 냈다. "엄청 신경 쓰이게 됐어요. 진짜 물어보고 싶네."

자신은, 나가사와에게 묻고 싶은 걸까. 사나다마루가 결혼했다는 소리를 듣고, 무슨 생각을 했나? 사쿠라가 서클을 들르지 않게 된 후, 나가사와는 고백한 사나다마루를 거하게 찼다. 후회는 없는 걸까?

설마 사람에게 좋아한다고 전하는 것을 할 수 없는 걸까. 사쿠라와는 정반대의 의미로 말이다.

술집에서 사쿠라는 여러 말을 삼켰다. 나가사와는 어땠을까.

한숨을 쉬고 사나에게 말한다.

"물어봐도 가르쳐주지 않을 거야. 그 사람은, 만약 좋아했었다고 해도 비밀은 무덤까지 가지고 갈 사람이니까."

사나가 조용한 눈으로 창문을 봤다. 이 방에서 자주 보아 낯이 익은 각도의 노을이 있었다. 방 안으로 들어오는 석양은, 불과 며칠 전까지보다 온도가 높다. 본격적인 여름이 가까워진 것이다.

"그럼 집안사람들이 묻히는 곳을 물어보도록 하죠. 나가사와 씨가 죽으면 파내러 갈게요."

제가 먼저 죽더라도 갈게요. 사나는 그렇게 말하고 다시 대본을 조용히 읽기 시작했다.

이상한 말은 일상다반사지만, 보기 드문 말을 한 것처럼 느껴졌다.

사쿠라는 말을 하려다 문득 생각했다.

자신이 카시이 사나와 사귀고 이는 이유는? 셰어 연애를 하는 이유는?

그녀가 사쿠라는 되찾을 수 없는, '학창시절'의 향기에 감싸져 있기에. 사쿠라는 그 향기를 마시는 것을 허락받고 싶은 것이다.

자신처럼 사람을 소중히 대하지 않는 인간은 없지 않을까.

사나의 마음은 어떻게 움직이고 있는 걸까. 아무리 바라봐도 보이지 않는다.

다음 주, 사나와의 계약 갱신일이 찾아온다. 자신은 무사히 갱신할 수 있을까.

내일, 사쿠라는 히라누마 타이키와 만나기로 했다. 만나서 무언가 바뀔까? 모르겠다.

"가지마! 칸자키이!"

사나가 대사를 읽고 있다.

사쿠라는 내일의 일정을 사나에게 말하지 않았다.

제5장

그녀의 사랑

1

외로운 것은 이 세상에 하나도 없다. 외롭다고 느끼는 사람이 있을 뿐이다.

예를 들면, 지는 벚꽃이 그렇다. 카시이 사나는 그 덧없는 모습을 보는 걸 좋아했다. 가만 보고 있으면 외로워지기에, 그래서 좋아했다. 몇 달 전, 아스카야마에서 꽃구경을 할 때도 사나는 한동안 주변을 잊고 꽃을 보고 있었다.

예를 들면, 수평선에 지는 석양이 그렇다. 타들어 가는 선향불꽃이 그렇다. 아무도 없는 교실이 그렇다. 추억과 이어진 노래가 그렇다. 그 무엇도 그 자체는 외로운 것이 아니지만, 외로움을 위해 존재한다.

그렇다면 지금의 자신도 결코 외로운 것이 아니다.

2

어젯밤, 카케루가 달려왔다.

노 데이트 데이에 부르다니 별일이라고 생각하며 약속한 공원에서 기다리자, 카케루가 숨을 헐떡이며, 땀을 흘리며, 사나에게 달려온 것이다.

그리고 말했다.

"나만을 고를 생각은 없어?"라고.

거의 비슷한 말을 꽃구경 날에 히라누마로부터 들었다. 그때와 같은 대답을 해도 된다. 하지만 분명 카케루는 만족하지 않을 것이고, 그 대답을 들으면 실망할 거라는 예감이 들었다. 얼버무리듯이 사나는 달을 올려다봤다.

그리고, "토끼, 없네." 하고 중얼거렸다.

밤의 공원, 사나는 미끄럼틀 위에 있었다. 카케루는 지면에 서서, 주머니에 손을 넣고 있다. 사나의 말에는 아무런 반응을 하지 않았다.

팔이 가려워진다. 모기에 물렸다. 참을 수 없을 정도로 가려워진다. 사나는 미끄럼틀을 타고 내려와 모랫바닥 위에 섰다.

"왜 그래? 카케루."

"이제 그만두고 싶어졌어. 난 너만을 좋아하니까."

사나는 눈을 피했다. 그 시선 끝에는 그네가 있었다. 아무도 앉아있지 않다. 바람에 흔들리고 있지도 않다. 왠지 외롭게 느껴졌다.

치마 속으로 들어온 손이 부드럽게 허벅지를 쓸어내린다. 스타킹 안으로 들어온 손가락이 스르륵 하고 얇은 천을 끌어 내려간다.

'히라누마의 손짓은 나날이 능숙해지네.'하고 학생의 성장을 기뻐하는 선생님 같은 기분이 든다.

"왜 그래?"

히죽거리는 표정을 짓고 있었겠지. 스타킹을 반쯤 내린 히라누마가 물어왔다.

"아무것도 아니야." 하고 대답한다. 고개를 끄덕인 히라누마는 그대로 오른손으로 스타킹을 공략하며, 왼손으로 사나의 탱크톱 위를 문지르기 시작했다.

사나는 그 순간을 노려 히라누마의 목덜미에 입을 맞춘다. 그리고는 귓가에.

"타이키."

전원이 켜진 듯이 히라누마의 움직임이 격해진다. "사

나, 사나."라는 히라누마의 목소리가 바로 근처에서 피부에 빨려 들어간다. 사나는 침대와 그의 몸 사이에 꽉 끼었다.

섹스의 여운이 거의 사라졌을 때, 어젯밤 카케루로부터 들은 말을 히라누마에게 이야기했다. 그리고 "어떻게 생각해?"라고 물었다.

"……평범하다고 생각해."

'어라'하고 사나는 생각했다. 놀라지 않을 줄은 몰랐다.

"독점욕이 생겨도 이상하지 않아. 카시이는 뭐라 대답했어?"

"Thinking time please라고."

"왜 영어야."

히라누마가 웃음을 흘렸다. 흘린 웃음을 주워, 사나도 웃는다.

"혹시 지금 이대로가 좋다고 생각하고 있는 건 나뿐이야?"

히라누마는 대답하지 않았다.

재촉해볼까? 그렇게 자문했을 때 인터폰이 울렸다.

사나는 침대에서 손을 뻗어 벽에 걸린 수화기를 들었다.

"택배입니다."라는 목소리가 들렸다.

상자가 하나. 집에서 보낸 택배였다. 사나는 상자를 열고, 안에 가득 찬 물건을 확인한다. 옷을 입은 히라누마도 안을 엿보았다.

"쌀이랑 채소랑 통조림……. 엄청 많네."

"어마마마로부터의 군량미일세."

짐 안에 어머니의 편지가 들어있었다.

〈잘 지내? 여름에는 돌아오지? 기다리고 있을게.〉

문장에서도 변함없이 느긋한 성격이 나타난다.

편지 외에 사진이 한 장 들어있었다. 사나가 손에 든 사진을 보고 히라누마가 말한다.

"부모님 사이좋아 보이네."

홋카이도에 여행을 갔다고 저번 달쯤 문자로 말했었다. 삿포로의 시계탑 앞에서 나란히 선 부부의 모습이 찍혀있다.

'부모님은 아니야.'라고 말하는 건 관두기로 했다.

사나의 부모님이 모두 계셨던 건 초등학교 4학년 가을까지였다. 그해, 아버지가 교통사고로 돌아가셨기 때문이다. 사진 속에서 어머니와 나란히 서 있는 건 재혼 상대인

타나베 씨이다. 재혼한 건 사나가 중학교 2학년 때의 일로, 사춘기 딸을 신경 써 재혼을 나중으로 미루려는 두 사람에게, 사나는 신경 쓰지 않는다고 필사적으로 어필했다. 겨우 납득하고 결혼했을 때는 안도했다. 어려운 선 자리를 결혼까지 끌고 간 중매인 같았다. 진심으로 축복했고, 타나베 씨와 삐걱거린 일도 없었다.

히라누마가 양파를 보고, "오늘 밤은 카레라이스로 할까." 하고 말했다. "단순하네." 하고 사나는 그의 머리를 쓰다듬는다. 조금 뾰로통해진 얼굴이 귀엽다.

"카레는 내일 먹을 거니까."

"아, 그렇구나." 하고 히라누마가 끄덕였다.

3

다음 날의 남자친구는 사쿠라 씨였다.

2주 전에 계약을 갱신했을 때, 계약사항이 하나 늘었다.

만나는 빈도를 열흘에 한 번으로 한다는 항목이다.

"왜요?'

사나는 당연히 물었다.

"만나는 빈도를 줄이면 어떻게 될지 시험해보고 싶어서."

놀랐다. 사쿠라 씨가 아무래도 진심을 말한 것 같았기 때문이다. 얼버무릴 거라 예상했는데.

"……임상 시험이네요."

사나는 엄숙히 고개를 끄덕인다.

"임상 시험이 아니야."

사쿠라 씨는 웃었다. 하지만, 안경 너머의 눈빛이 진지한 건 굳이 보지 않아도 알 수 있었다.

오늘 사쿠라 씨가 안내해 준 건 태국 카레 가게.

"마음에 들면 좋을 텐데."

가는 도중 사쿠라 씨는 그렇게 말했지만 쓸데없는 걱정이다. 사쿠라 씨가 데려가는 가게 중에서 실패는 없었다.

오늘은 키가 큰 사쿠라 씨에게 맞춰 구두를 신고 왔다. 익숙하지 않아서 걷는 속도가 느려진다. 하지만 그걸 알고 있는 사쿠라 씨는 자연스럽게 사나가 걷는 속도에 맞춰주고 있었다.

사나는 길을 걷다 문득, '사쿠라 씨는 언제 실패라는 것을 할까?'하고 생각했다. 그리고 그걸 그대로 입에 담았다.

"응?" 사쿠라 씨는 눈을 둥글게 떴다. 안경에 손을 대고, "실패 같은 건 항상 하고 있어."라고 말했다.

"정말인가요?"

"얼마 전에도 회사에서 발주서 숫자를 틀려서 혼난 참이고, 거래처에 보내는 메일을 잘못 보내서 크게 창피를 당했고."

"의외네요. 그래도 연애에서 실패한 적은 없죠."

사쿠라 씨는 고개를 젓는다.

"아니아니, 잔뜩 있어. 이런 연애 방식이니까. 꼴사나운 실패는 잔뜩 있지. 거리 한복판에서 뺨을 맞고 차인 적도 있으니까."

"그렇구나……."

사나는 고개를 끄덕이며 아쉽게 생각했다.

지금 자신이 심하게 사쿠라 씨를 찬다고 해도, 사쿠라 씨에겐 첫 경험이 아닌 것이다.

가게가 문을 열기까지 조금 시간이 있었다. "어디 좀 돌아다닐까." 하고 말하는 사쿠라 씨에게, 번뜩인 생각을 제안했다.

"가고 싶은 곳이 있어요. 이 근처 상점가."

"상점가라면, 가게야?"

"가게, 였던 곳이에요."

물음표를 띄운 사쿠라 씨의 손을 이끌고 사유 철도의 역 방향으로 걸어간다.

인적이 드문 상점가에 셔터가 내려간 가게가 늘어서 있다. 이것도 외로운 것이 아닌, 외롭다고 느끼는 사람이 있을 뿐인 경치.

이 중 하나, 전단지가 붙은 곳 앞에 사나는 멈춰 섰다. 사쿠라 씨가 의아한 눈으로 전단지를 본다. '임대인 모집 중'이라고 적혀있다.

"얼마 전까지 이곳에 조하리라는 가게가 있었어요."

"조하리라."

사쿠라 씨가 눈을 가늘게 떴다.

"후우가 일하던 곳이었어요. 아, 후우는 제 친군데."

"만난 적 있어."

그러고 보니 소개한 적이 있었을지도 모른다.

"그래서, 왜 여기에?"

"조금 여운에 잠기고 싶어졌어요. 사쿠라 씨처럼."

사나가 말하자, 사쿠라 씨는 놀란 얼굴로 입을 다물었다. 사나는 조하리의 빈 껍질을 보며 조용히 나츠코 씨를 떠올린다.

4

처음 조하리에 간 건 작년 겨울이었다. 후우가 가끔 이야기했던 아르바이트를 하는 가게. 가게의 이름을 검색하고 나츠코 씨의 블로그를 발견했다. 그리고 정기적으로 블로그를 읽게 되었다. 실제로 가게에 가보자고 생각하게 된 건 꽃 모양이 들어간 신상 머플러의 사진을 보고 그것이 너무 갖고 싶어졌기 때문이다.

결심하고 곧장 행동으로 옮겼다. 모처럼이니 멋 부리길 좋아하는 하마노도 불렀다. 하마노는 흔쾌히 가겠다고 응했다.

블로그에 있던 지도에 의지하며(라고 해도 역에서 한 방향으로 쭉 걷기만 하면 되지만) 두 사람은 걸었다.

가게 앞에 도착했을 때, 눈에 들어온 건 어린아이가 울고 있는 광경이었다. 놀라서 눈을 크게 뜨고 있자, 가게 안에서 두 여성이 나왔다. 한쪽이 어린아이의 어머니인 모양이다.

어린아이의 머리를 숙이게 하며, 자기 자신도 몇 번이고 진심으로 사과하고 있다. 다른 한쪽의 원피스를 입은 여성은 곤란한 얼굴로 그저 "아뇨아뇨. 정말 괜찮아요." 하고 반복했다.

"아아." 하고 하마노가 중얼거렸다. "깨트렸구나."

원피스를 입은 여성이 고개를 숙이고 있는 어린아이에게 야구공을 건네고 미소 짓는다. "다음에 또 와." 하고 말했다.

어머니와 아이가 떠난 뒤, 가게의 바로 앞까지 왔다.

가게의 문 옆에 작은 창이 늘어서 있다. 그중 하나가 깨져있었다. 분명 그 어린아이가 실수로 공을 부딪친 거겠지.

유리의 균열을 바라보고 있던 사나는, 가게 안으로 돌아간 원피스의 여성과 눈이 맞았다. 이 사람이 나츠코 씨임이 틀림없다고 직감했다.

"안녕하세요." 하고 하마노가 먼저 인사한다.

문을 지나 가게에 들어간다.

"어서오세요." 나츠코 씨가 인사했다. 그리곤 "저거 깨져버렸어요." 하고 자신이 실수했다는 듯이 말한다.

사나는 히죽 웃어 보였다.

"조하리의 창이 깨져버렸네요."

나츠코 씨가 앗 하는 표정을 짓고 나서 웃었다.

"확실히, 그렇네."

후우는 쉬는 날이었다. 있었으면 깜짝 놀라게 해주려고 생각했는데 조금 아쉬웠다. 사나와 하마노는 나츠코 씨에게 가볍게 자기소개를 했다. 후우의 친구라고 말하자, 나츠코 씨는 기쁜 듯한 표정을 지었다.

"대학 친구 얘기는 잘 안 해서 걱정했는데, 다행이다. 제대로 친한 친구가 있구나."

그렇게 말하고 나츠코 씨는 "나, 뭔가 엄마 같네." 하고 부끄러워했다. 사나는 우습다고 생각하면서도, 자신의 이야기를 하지 않았다는 것에 아주 약간 불만을 느끼기도 했다.

"저희에게는 일하는 곳 얘기를 잘 안 한다니까요."

하마노가 말한다.

나츠코 씨는 깨진 창문을 바라보며 말했다.

"자신의 세상을 딱 나누고 싶은 걸지도 모르겠네."

그렇구나. 그럼, 오늘 이 가게에 온 건 후우에게 말하지 않는 게 좋을지도 모른다. 그 생각을 그대로 나츠코 씨에게 말했다.

"부디 오늘 온 건 비밀로 해주세요."

나츠코 씨는 쓴웃음을 지었지만, 수긍해주었다.

"그래. 비밀."

"비밀이야?" 하고 쓴웃음을 지으면서도 "그럼 나도 비밀로." 하고 하마노가 말한다.

나츠코 씨는 가게 뒤편으로 들어가, 골판지 상자와 천 테이프를 들고 나타났다. 깨진 창문을 막을 생각이리라.

사나는 도와준다고 말하면 거절할 것이라 확신하고 옆으로 피했다. 창문에 나츠코 씨가 상자를 댄다. 창 한 장의 빛이 사라져버렸다.

"친구 중에 카케루라고 있어?"

"엇."

"유일하게 여러 번 후우의 입에서 나온 이름."

"그런가요."

나츠코 씨는 고개를 들고 미소 지었다.

"혹시 후우카의 남자친구니? 카케루의 얘기를 할 때는 엄청 즐거워 보여서……."

옆에서 하마노가 당황하는 표정을 지었다.

"아, 카케루는 제 남자친구예요."

나츠코 씨의 표정이 굳었다. 그리곤 이내 멋쩍은 듯이 웃는다.

"그렇구나. 착각해서 미안해."

"아뇨, 괜찮아요."

후우가 카케루를 좋아한다는 건 있을 수 없는 일일까. 그런 생각을 하자, 이상하게 기분이 술렁이기 시작했다.

그 뒤로도 조하리에는 서너 번 정도 들렀다. 사나는 언제나 후우가 없는 시간에 갔다. 그리고 몇 분 동안 대학 이야기를 했다. 참고로 하마노는 사나보다 자주 드나들었다고 한다. 나츠코 씨와도 친해져 있었다. 그렇지만 하마노도 후우가 없는 시간에 가는 규칙을 마지막까지 지킨 모양이다.

사나가 마지막으로 가게를 찾은 건, 가게가 문을 닫기 4일 전이다. 그날도 역시 후우가 없는 날을 골랐다.

"뭐든지 싸게 해 줄 수 있으니까."

조금밖에 남지 않은 상품을 둘러보는 사나에게 나츠코 씨가 말했다.

"고민되네요."

사나는 가장 앞의 매대에 놓인 도자기 그릇을 손에 들었다.

"얼마 전에 후우가 카케루를 데리고 왔었어."

하마터면 식기를 떨어트릴 뻔했다. 나츠코 씨가 미소 지었다.

"서로 비밀이 많네. 후우카한테는 네가 오고 있다고 얘기하지 않았으니까. 카케루는 너랑 어울린다고 생각했어."

기쁜 마음이 드는 한편, 마음이 진정되지 않았다. 왜일까.

어린 목소리가 잔뜩 가까워졌다. 창문을 봤다. 가게 앞을 유치원생들이 걷고 있다. 아이들은 같은 옷에 같은 모자를 쓰고 손을 잡고 있거나 서로 찌르거나 하고 있다.

"아, 자주 지나가. 기운도 좋지."

"남자애든 여자애든 관계없이 재밌게들 노네요."

"그렇네. 저 때는 모두 사이가 좋지."

어른이 되어도 사이가 그대로 유지되면 좋을 텐데. 가끔 사나는 진지하게 그런 생각을 한다. 그저 덧없는 이상에 불과하다.

사나는 카케루와의 시간도, 히라누마와의 시간도, 사쿠라 씨와의 시간도, 포기하고 싶지 않다. 어느 시간이든 좋아하니까. 욕심을 부려서라도 그들과 같이 웃고 싶을 뿐이다.

사나는 결국 찻잔 하나만 샀다. "고마워. 잘 지내."라는 나츠코 씨의 말과 함께 잔돈을 받는다.

"저야말로 감사했어요."

가게에서 나와, 사나는 뒤를 돌아본다. 상냥한 점장은 조하리의 창 너머에서 미소 짓고 있었다.

멍하니 있는데 "괜찮아?"라는 사쿠라 씨의 목소리에 제정신으로 돌아온다.

"괜찮아요."

그 창문을 본다. 당연히 그 뒤에 고친 창문은 깨져있지 않다. 그렇지만 이 창문은 이미 조하리의 창이 아니다.

"꼭 봐두고 싶어서요."

텅 비어버린 이 가게를.

역시, 사쿠라 씨는 깊게 추궁하지 않는다. "그렇구나." 하고, 차갑게, 그리고 상냥하게 끄덕였다.

5

카레 가게에 갔다. 태국 카레는 순한 맛에 코코넛 향기가 좋았고 역시 맛있었다.

아직 이른 시간이었지만, 사쿠라 씨의 집에 가기로 했다.

"단둘이 있는 시간을 소중히 해야겠네." 하고 계약을 갱신할 때 사쿠라 씨가 말했다. 감사함을 잊지 않도록 만나는 횟수를 줄이는 것이리라. 사나는 그렇게 받아들였다.

"사나."

"네."

"시시한 질문을 할게."

사쿠라씨가 그렇게 서론을 열었다.

"만약 나랑 오야마다와 히라누마가 물에 빠져있으면, 사나는 누구를 가장 먼저 구할 거야?"

팔짱을 끼고 사나는 진지하게 생각한다.

"체력적으로는 카케루가 버틸 것 같은데."

"아니, 그런 현실문제가 아니라." 사쿠라 씨는 쓴웃음을 지었다. "미안, 역시 너무 시시한 질문이야."

"저, 모두 한 번에 구할 수 있어요." 힘을 주어 사나가 말했다. "왜 그런 걸 물어보셨는지 알고 있어요. 하지만, 가장 소중한 사람이라든지, 단 한 사람이라든지, 그런 거 정하지 않기로 했잖아요?"

"응."

"저는 진심으로 세 사람 좋아하니까요."

사쿠라 씨가 미소를 무너트리지 않고, 사나의 머리를 쓰다듬었다. 쓰다듬어져 쓸쓸한 기분이 든 건 처음이었다.

6

카케루가 고백했을 때 했던 말을, 사나는 기억하고 있다. 그것은 1학년 때, 그해의 9월 말. 새로운 학기의 시간표에 몸을 맞추는 시기였다.

"같이 돌아가자."

카케루가 말했다. 평소엔 자연스럽게 하교하기에 새삼스레 그런 말을 들으니 긴장이 되었다.

자전거를 미는 카케루는 평소보다 말수가 없었다. 사나는 신경 쓰지 않고 아르바이트 이야기나 사귀고 있던 점장과 잘 안 되는 걸 얘기했다. "어쩌면 조만간 헤어질지도 몰라. 그러면 예정이 없어져."라고.

"예정이 없어지는 건 싫어?"

"응, 싫어. 스케줄러가 가득 차 있지 않으면 슬퍼져."

진지하게 사나는 대답한다.

갑자기 카케루가 발을 멈췄다.

"내가 남자친구가 돼서 스케줄러 메우는 거 도와줄까?"

"응?"

서로 눈을 마주치고, 카케루의 드센 눈빛에 심장박동이 빨라졌다. 사나는 고개를 끄덕였다. 카케루는 이미 예전부터 좋아하고 있었다.

"같이 메워가자."

그로부터, 사나의 스케줄러는 깨끗해지는 일 없이 오늘까지 이어지고 있다. 카케루, 사쿠라 씨, 히라누마. 사나는 세 사람을 좋아하게 되고, 사랑을 이어왔다.

사쿠라 씨의 집에 머물고 다음 날 아침. 사나는 집으로 돌아가면서 두뇌를 회전시킨다.

카케루와 후우의 관계는 사나가 모르는 곳에서 변화한 걸까. 이유는 모르고, 어떻게든 해야 할지도 모른다. 사나는 후우를 좋아한다. 여자아이 같고 귀여운데, 자신보다 훨씬 털털한 점이 좋다. 카케루도 그런 후우를 좋아하게 된 걸까?

셰어의 규칙상, 카케루의 행위는 위반이 아니다. 그렇지만 사쿠라 씨의 여성관계처럼 딱 잘라 생각할 수 있을 것 같지 않았다. 카케루라서 그런가. 아니면 상대가 후우라서 그런 건가. 그것도 아니면 양쪽 다?

'Thinking time'은 언제까지고 이해받을 수 있는 게 아니다. 카케루에게 대답을 해야 한다.

'헤어져야 하는 걸까.'하고 처음으로 생각했다. 그러면 분명 스케줄러에 공백이 생기겠지. 스케줄러의 공백은 마음의 공백으로 이어진다.

눈물이 글썽거렸다. 고개를 숙이고 걷고 있어서 앞머리가 눈동자를 찔렀기 때문이다. 카케루의 문제는 일단 놓아두고 돌아가면 앞머리를 자르자고, 사나는 다짐했다.

약한 다짐이었다.

집에 돌아와 침대에 누워 아침의 정보방송을 보고 있자니 어느새 잠이 들어있었다. 눈을 떴을 때는 이미 오전 시간이 날아간 뒤였다.

볕이 잘 드는 사나의 방에는 여름 햇빛이 들어오기 쉽다. '나가버려 나가버려.'하고 외치듯, 사나는 에어컨을 켜고 땀에 젖은 옷을 갈아입는다.

'앞머리, 앞머리.'라고 자신에게 되뇌고 가위를 손에 들어 거울 앞에 앉았다. 어느 정도 자를까 고민한다. 눈썹 위, 눈썹 밑. 눈썹 위, 눈썹 밑.

눈썹 위려나?

거울 안의 쌍꺼풀 없는 여자에게 묻는다.

왼쪽에서 오른쪽으로, 눈썹 위에서 눈썹 밑으로 내려가

게 비대칭으로 자를까?

거울 안의 사람이 끄덕였다.

가위를 대고 싹둑 싹둑 소리를 낸다. 사나의 눈앞에서 안개비처럼 머리카락이 내린다. 사나는 앞머리를 자를 때마다 긍정적인 기분이 된다. 초등학생 때 있던 일이 계기이다. 정말 사소한 이야기이지만.

사나는 4학년 때가 인생 중에 가장 말이 없었고 어두웠다. 아버지가 돌아가신 이후, 생활이 여러모로 무너졌기 때문이다. 어머니는 사나에게 변함없는 일상을 보내게 하려고 열심히 노력하고 있었지만, 헛손질이 많았다. 사나는 상황파악이 안 되는 철없는 아이는 아니었지만, 누덕누덕 겨우 이어붙인 배려에 만족할 수 있을 만큼의 어른도 아니었다.

자연스레 어머니에게도 쌀쌀맞은 태도를 보이게 되었고, 어머니도 그걸 느꼈다. 하지만 아버지의 죽음으로 여유가 없던 어머니는 딸에게 다가갈 노력보다, 일단 딸의 반항기를 피해 휴식을 취하는 선택을 했다.

무관심은 무관심을 부른다. 그렇게 학습한 사나는 무단으로 외출하는 일이 늘어났다. 그전까지는 부모님과 함께가 아니면 백화점에도 가지 못했는데 말이다.

어느 일요일. 어머니가 무언가와 싸우듯이 청소기를 돌리는 모습을 거들떠보지도 않고, 사나는 집을 나섰다. 목적지는 없었고, 그저 항상 다니는 통학로를 걸었다. 통학로를 걷고 있자 당연히도 사나가 다니던 초등학교에 다다랐다. 일요일의 학교에 볼일은 없으니 다시 앞으로 걸어 나갔다. 밭, 밭, 밭이 이어지는 논두렁길을 지나, 집, 밭, 집 사이의 골목을 지났다.

한 번도 와 본 적 없는 옆 동네로 나왔을 때, 돌아갈 수 있을지 불안한 마음이 들었다. 암만 무단 외출을 시작했다지만 그 정도는 어린아이였다.

추웠다. 갑자기 차가운 북풍이 불어와 머리카락이 얼굴을 때렸다. 그리고 한참 동안 머리를 자르지 않았다는 걸 깨달았다. 어머니가 사나를 미용실에 데려가는 걸 까먹었기 때문이다.

머리를 자르고 싶다고 생각했을 때, 눈앞에 가게가 나타났다. 창문에 헤어 살롱이라는 글자와 가위 일러스트, 요금표가 붙어있었다. 마치 사나를 부르는 듯했다.

물론 처음부터 그곳에 있었는데 사나가 보지 못했을 뿐이다. 빨간색과 파란색이 빙빙 돌고 있으면 이발소, 없으면 미용실이라고 사나는 인식하고 있었다. 빙빙 도는 게 없으니 미용실이다.

충동적으로 사나는 미용실의 문을 열었다.

"어서 오세요."

의자가 세 개밖에 없는 작은 미용실이었다. 미용사가 한 명. 파마머리에 안경을 쓴, 나이를 가늠하기 어려운 남자.

"예약했니?"

하고 미용사가 물어왔다. 사나는 아차 싶었다.

"안 했어요."

"그래. 여기 앉으렴."

그렇게 말하며 미용사는 의자를 가리켰다.

"괜찮아요?"

"괜찮아. 손님 없으니까."

사나는 머뭇머뭇 의자에 앉는다. 미용사가 꾹꾹 페달을 밟아 사나의 시야가 상승했다. 거울에 비친 건 머리가 어지러이 헝클어진 수수한 초등학생이었다. 미용사가 거울과 마주한다.

"어떻게 자를까요?"

'어떻게 자르는 게 좋을까요?'라는 표정으로 사나는 고개를 갸웃거렸다.

"일단, 앞머리를 먼저 자를까요."

"네?"

"보일 것도 안 보이잖아."

미용사는 말하자마자 빗과 가위를 손에 들고 서걱서걱, 채소를 손질하듯이 사나의 앞머리를 잘랐다.

"어때. 확 트였지?"

뭐가 어떻게 확 트였는지는 잘 몰랐지만, 거울에 비친 자신이 왠지 어려진 것 같았다.

"꼬맹이 같아."

그야 처음부터 꼬맹이였다. 말을 뱉고 부끄러워졌지만, 미용사는 고개를 끄덕이며 미소 지었다.

"머리를 자르면 누구나 꼬맹이가 되니까 말이야. 성장한 자신을 잘라버리니까."

사나는 "그렇구나." 하고 감탄하며 끄덕였지만, 미용사는 "미안. 아저씨가 방금 적당한 말을 해버렸네." 하고 사과하고 있었다.

"그럼 내 머리도 적당하게!"라고 사나는 밝은 기분으로 말했다.

이후 "길이는 이 정도면 괜찮아?" 등의 질문을 받고, 사나는 몇 번인가 고개를 끄덕였다.

"아가씨는 이 근처에 살아?"

"응." 하고 끄덕이고, "엄마가 나중에 데리러 와." 하고 거짓말을 했다.

"그래. 엄마한테 새 머리 보여주는 거 기대되겠네."

딱히 기대되진 않았다. 분명 멋대로 밖에 나간 걸 혼내겠지. 아빠가 살아있었다면 이런 일도 없었다. 새로운 머리 모양을, 신나게 부모님에게 보여주고 있었을 것이다.

"딱히, 엄마한테는……."

우직하게도, 사나는 어두운 표정을 짓고 있었다. 가위를 든 미용사의 손이 한순간 멈춘다. 그렇지만 그는 빙긋 웃었다.

"그렇구나, 좋아하는 아이가 있구나?"

빗으로 거울 속의 사나를 가리킨다. 사나는 "우엣?" 하고 이상한 목소리를 내버렸다.

무슨 오해를 한 건지, 미용사는 의기양양한 얼굴로 여러 번 끄덕였다.

"모두 말하지 않아도 돼. 아, 좋네. 좋아. 기합이 들어갔어. 그런 거라면 멋진 헤어스타일로 만들어줄게."

'그런 게 아니라면 멋진 헤어스타일로 만들어주지 않는 건가?'하고 불안해져, 사나는 오해를 정정하지 않았다.

"상대는 어떤 아이?"

"네? 음, 평범한……."

"평범한 아이라. 평범한 게 가장 좋지. 둘이서 외출하기도 해?"

"외, 외출?"

"데이트."

"……공원?"

"오, 파크?"

왜 영어로 말하는 건지 의문이 들었지만 그냥 끄덕인다.

"공원 좋지. 요요기 파크, 이노카시라 파크, 우에노 파크, 쥬라기 파크."

어느 공원도 사나는 모르는 공원이었다. 미용사는 친절한 말투로, "쥬라기 외에는 모두 도쿄의 파크야."라고 말했다.

도쿄. 좋은 인상은 그 당시 없었다.

"도쿄는 말이지, 공원이 최고야."

어째선지 영어를 그만두고 미용사는 이어 말했다. 분명 미용사는 도쿄에서 지냈던 사람인 거겠지.

'그렇구나, 도쿄는 공원이 최고구나.'하고 사나는 큰 지식을 얻은 기분이 들었다. 눈을 감고, 본 적 없는 공원의 모습을 상상한다. 넓은 들판. 헤아릴 수 없는 숫자의 그네. 반짝이게 빛나는 정글짐. 모래밭은 모래사장처럼 넓고, 사나가 들어갈 수 있을 정도로 큰 성도 만들 수 있다……. 엄청, 좋다.

어른이 되어 당시의 상상은 크게 틀렸다는 걸 깨달았지만, 도쿄의 공원을 칭찬한 미용사의 의견에는 지금도 동의할 수 있다.

꿈의 공원을 그리는 사이에, 사나는 잠들었다. 그 사이 컷팅은 끝나있었다.

"우와."

깜짝 놀랐다. 대충 길게 자라있던 머리카락이 목덜미에 닿는 정도로 깔끔하게 잘려있었다. 머리의 볼륨감도 떨어져 윤기가 지르르 흐르고 있다.

"어떤가요."

공손하게 미용사가 질문한다.

"최고야."

하고 거울 속 소녀는 대답한다.

사나는 가지고 있던 용돈의 대부분을 써서 계산했다. 가게를 나선다. 머리를 자른 만큼 바람을 강하게 느꼈다. 하지만 이상하게도 춥지 않고 시원했다.

7

앞머리를 자르면 그 기분이 조금 되살아난다. 그 이후로 그곳에 가는 일은 없었다. 머지않아 폐점했다는 소문도 들었다.

싹둑싹둑하고 앞머리를 가지런히 자른다. 손에 조금 난 솜털도 신경 쓰이게 되어 깎는다.

어째선지 킁킁하고 자신의 머리카락 냄새를 맡아본다. 사나의 머리카락은 좋은 의미로도 안 좋은 의미로도 냄새가 없다. 반면 후우의 머리카락은 좋은 향기가 난다. 아니, 후우는 그냥 전체적으로 좋은 향기가 난다.

카케루는 좋은 냄새를 꽉 안았을까. 잡념을 잘라 없애고 싶어서 가위 소리를 낸다. 싹둑싹둑. 하지만 사라지지 않았다. 대답을 해야 한다. ……성가시다.

사쿠라 씨는 만나는 빈도를 줄이게 되어 사나에 대한 애정도 줄어들지 않았을까.

히라누마는 언제나 사나를 기쁘게 하려 노력하고 있다. 지치지 않을까. 지친 히라누마에게 사나는 버거운 존재가 아닐까.

싹둑싹둑 소리. 그에 비례해 사나는 공연히 쓸쓸해졌

다. 이상하다. 긍정적인 기분이 되기 위한 의식인데 불안이 사라지지 않는다.

싹둑. 눈물은 떨어지지 않는다. 자잘한 머리카락이 떨어질 뿐이다.

'딩동'하고 사나의 머릿속에 불이 들어왔다.

미니 컴포넌트의 전원을 켜고, 레몬 스컬의 CD를 재생했다. 되도록 리듬이 격한 노래를 고른다. 기타의 비명과 드럼의 고함이 방 안에 울린다.

충동에 몸을 맡겨 세면대로 향한다. 욕실에 들어가 욕조에 발을 넣었다. 거울을 보며 머리카락을 대충 움켜쥐었다. 그리고 싹둑 하고 잘랐다.

거울 속의 여대생이 웃었다.

즐거워 보여! 사나는 음악에 맞춰 발을 움직였다.

후렴의 비트에 맞춰 가위 소리를 낸다. 브릿지와 후렴 사이의 긴 간주에서 머리를 흔든다.

곡이 끝날 때까지 4분간, 고양된 기분으로 머리를 잘랐다. 발치의 욕조에 검은 뭉텅이가 훌훌 쌓여갔다.

가위의 리듬. 싹둑 싹둑 싹둑.

몸으로 하는 가위바위보라면 이렇게. 가위, 바위, 보.

보를 표현했을 때 상쾌한 기분이 든다.

음악이 멈추고 제정신으로 돌아왔다. 맹렬한 후회가 사나를 덮친다. 거울 속에는 그저 이상한 머리 모양을 한 눈물점의 여자가 있었다.

"망했다."

머리카락을 손으로 훑어본다.

"이건 망했는데."

니트 모자를 깊게 눌러 쓰고, 사나는 자주 가는 미용실로 가서 어떻게 살려줄 수 없냐고 애원했다.

사나는 인생 처음으로 가볍게 파마를 한 숏컷이 되었다. 다시 태어났다고 해도 과언이 아니다.

다음 날. 가벼운 파마만큼 가벼운 발걸음으로 대학으로 향했다.

이미 여름방학 기간이었지만, 도서관에서 여름학기 과제의 레포트를 쓸 예정이었다. 집은 집중이 안 되고 카페는 돈이 든다.

도서관에 가까워지자 흡연소에서 하마노가 담배를 피우고 있는 모습이 보였다.

"하마노."

손을 흔들며 가까이 다가가자 무표정으로 담배를 피우

던 하마노가 고개를 들었다.

그리고 곧장 놀란 표정을 짓는다.

"……머리 무슨 일이야."

그 말에는 사나도 발끈했다.

"내 머리는 원래부터 나빠!"

"아, 그게 아니라, 머리 모양. 이미지 변신이야?"

"응. 그런 셈이지."

자세한 내막은 말하지 않겠다고 생각하며 "어때?" 하고 묻는다. 하마노는 한동안 멍하니 사나를 보고 있었지만, 갑자기 표정을 찌푸리고는 웃었다.

"응? 응?"

"어어, 음, 괜찮다고 생각해. 꽤 분위기 바뀌었어."

하마노는 당황하는 사나를 곁눈질로 보며 담배를 버리고 일어났다.

"잘 바꿨어, 응. 고마워."

왜 감사를 받은 건지 하나도 이해할 수 없었다.

"라이브 연습은 잘 돼가?"

분명 매년 여름에 하는 라이브가 가깝다고 했었다.

"타케오 선배가 불타오르고 있어. 마지막 라이브니까."

지방도 함께 불타면 좋을 텐데, 라고 하마노는 덧붙여

말했다.

"카케루는?"

"열심히 하고 있지."

가볍게 웃고 하마노는 "그럼, 연습 가봐야 해서." 하고 자리를 떠났다.

8

여름 방학 중의 도서관은 사람이 적어서 조용한 것이, 본래의 도서관다웠다.

콘센트가 붙어있는 자리에 앉고 노트북을 열었다. 동시에 인터넷에 접속했다. 레포트를 쓰기 전에, 가볍게 인터넷 뉴스를 보거나 친구의 SNS를 엿보았다.

후우의 일기는 일주일 전이 마지막 업데이트였다. 최근 새롭게 시작한 아르바이트가 익숙해지고 있다는 보고였다. 아르바이트 동료 사진도 올라와 있다. 즐거움의 어필이다. 부럽다고 생각하는 한편, '조하리는 벌써 잊어버렸나.'하고 싶은 기분이 든다. 아, 이건 후우에게 향한 질투심 때문인가.

안 돼. 머리 잘랐으니까 쓸데없는 생각은 그만두자.

그렇게 생각하고 레포트를 작성하려 했을 때, 뒤에서 인기척이 느껴졌다. 돌아보니 히라누마가 있었다.

"안녕." 히라누마가 작은 목소리로 말한다. "레포트 쓰러 왔어. 집에선 집중이 안 돼서."

역시 발상이 닮았다고 생각하며 사나는 웃었다.

"나도."

히라누마는 두 자리 건너 옆에 앉았다. 오늘은 남자친구의 날이 아니니까 친구 관계이다.

"머리 잘랐네."

"응. 어울려?"

히라누마는 고개를 갸웃거렸다.

"그렇네. 귀여워졌어."

사나는 지그시 히라누마를 바라봤다. 히라누마가 안절부절못하는 모습으로 사나를 본다.

"부끄러워 안 하고 귀엽다고 말하게 됐네. 점점 기댈 수 있는 사람이 되고 있어."

"기댈 수 있는 사람? 그런가."

히라누마는 레포트 작업을 하기 시작했다. 사나도 이어서 하기 시작했다.

한 시간이 지나 집중력이 떨어져 갔다. 사나는 자리에서 일어나 책장 근처를 걸어 다녔다.

융단이 깔린 통로. 반대편에서 걸어오는 그림자가 갑자기 멈췄다. 시선을 향하자, 웬 남학생이 사나를 보고 굳어 있었다. 본 기억이 있다. 같은 학년은 아니다……. 손가에 시선을 옮기다가, '앗'하고 떠오른다. 4월쯤이었나, 학생 라운지에서 차를 흘린 1학년에게 손수건을 빌려준 적이 있었다. 편의점에서 아르바이트하는 것을 본 적도 있다. 그 1학년이다.

"안녕."

사나가 먼저 말을 걸자, 상대는 벼락이라도 맞은 듯한 놀란 표정을 지었다. 그리곤 가만히 사나의 얼굴을 응시하다, 이내 다짐한 듯이 입을 열었다.

"이, 일학년, 쿠로사키라고 해요."

떨리는 목소리가 조용한 공간에 울려 퍼진다.

쿠로사키는 목덜미에 손을 대었다. 굽어 있던 등을 똑바로 편다.

"카시이 선배."

"응?"

'이름 가르쳐줬던가.'하고 깜짝 놀랐다.

"……저 기억하고 있나요."

"기억하고 있어."

사나가 미소를 지어 보이자, 쿠로사키는 놀란 듯 몸을 떨었다.

"저, 몇 번인가, 선배를 봤어요."

"편의점에서 만났었지."

"다, 다른 곳에서도."

"정말? 말 걸어주지 그랬어."

그런 건 무리라고 말하려는 듯, 쿠로사키가 고개를 젓는다.

"그런 일……."

'이상한 소리를 하네.'라고 생각했다.

"지금 말 걸어줬잖아. 잘 부탁해."

사나는 쿠로사키에게 가까이 다가갔다.

"오늘은 도서관에서 공부하는 거야? 기특하네."

자신이 1학년이었을 때는 놀기만 했었다.

"할 일이, 없어요."

쿠로사키의 목소리가 작아진다.

"친구 별로 없어?"

돌직구로 물어보자, 쿠로사키가 부끄러운 듯이 고개를 푹 숙였다.

"아, 그러면."

사나는 쿠로사키의 손을 잡았다. 쿠로사키가 또 감전된 듯이 떨었다.

"친구가 되자."

쿠로사키는 잡힌 손을 어떻게 하면 좋을지 모르는 모습으로 초조해하고 있었다.

그때, 갑자기 옆에서 누군가 강하게 사나의 팔을 당겼다.

"앗."

히라누마였다.

"왜 그래?"

히라누마는 대답하지 않고 사나의 팔에 자신의 팔을 끼고는, 험한 표정으로 쿠로사키를 노려봤다. 쿠로사키는 겁먹은 눈으로 히라누마를 올려다보고, 빠른 걸음으로 자리에서 떠났다.

그 등이 통로의 모서리로 사라지고 나서, 사나는 다시 히라누마에게 "왜?" 하고 묻는다.

"……거리낌 없이 너무 가깝잖아."

무서운 목소리였다.

그렇구나. 언젠가의 카케루도 사나의 경계심 부족에 화

를 내고 있었다. 같은 이유로 히라누마도 화가 난 것이다. 사나는 미소를 지어 보인다.

"미안. 걱정시켜서……."

"걱정?" 히라누마가 사나의 말을 끊었다. 평소와는 다른, 마른 목소리가 울린다. "카시이의 걱정은 안 했는데."

"어라." 하고 자신도 모르게 사나는 말했다. 미소 짓고 있던 표정이 굳는 게 자신도 느껴진다.

"왜 친구가 되자고 말한 거야?"

"그도 그럴 게……."

"손수건을 건넨 날, 방금 1학년한테 했던 말 기억해?"

사나는 입을 다물었다. 기억하고 있지 않았다.

"녀석이 사과와 감사 인사를 반복할 때, 카시이는 언젠가 보답해주면 된다는 식으로 말했지. 어떤 보답을 하면 되겠냐는 질문에는, '내가 위험할 때 도와줘.'라고 농담조로 말했었어."

히라누마의 목소리가, 조용한 복도에서 소용돌이쳐, 사나의 몸에 박혔다.

"그러니까 아마, 저 녀석은, 교내에서 카시이를 발견할 때마다…… 무슨 일이 있으면 달려가야 한다고 생각했겠지. 무슨 일이 일어날 리 없는데 말이야. 이야기할 기회가

오는 걸, 줄곧 기대하고 기다리고……. 그렇지만 까먹고 있었지. 카시이는.”

거기까지 쏟아낸 히라누마는 잠시 말을 끊고 허공에 시선을 고정했다. 그리고 이내, 다시 사나에게 눈을 돌렸을 때, 히라누마는 눈물을 글썽거리고 있었다. 사나는 가슴이 막힐 정도로 놀랐다.

히라누마는 포기한 듯한 표정으로 작게 숨을 뱉었다.

“카시이, 너는 사람을 쓸데없이 너무 기대하게 만들어.”

“나는 단지, 좋아한다고 생각되는 사람을 모두 소중히 대했을 뿐인데…….”

“외로움을 적당히 해소하고 싶어서?”

짜낸 목소리가 어처구니없이 손쉽게 히라누마에게 짓눌렸다. 적당히 해소하고 싶다고? 그럴 리 없다. ‘외로울 것 같으니까’가 맞는 말이다. 옆에 있고 싶어질 뿐인데.

지는 벚꽃, 가라앉는 석양, 타들어 가는 선향불꽃, 아무도 없는 교실, 추억과 이어진 노래.

누군가를 원하는, 외톨이.

이 세상에 외로운 것은 없다. 다만 외롭다고 느끼는 내가 있을 뿐. 그래서 외로워 보이는 사람을 좀 더 알고 싶어진다.

그리고, 그 사람을 웃게 해주고 싶어진다. 그 사람에게 웃음이 되고 싶어진다. 같이 웃고 싶어진다. 카케루의 앞에서는 허물없는 자신을 보여주고 싶다. 서툴면서도 섬세한 카케루가 어깨 힘을 빼고 대할 수 있는 연인으로 있고 싶다. 사쿠라 씨에겐 어린아이처럼 어리광을 부리고 싶다. '계약 여자친구'들에게 죄악감을 가지는 사쿠라 씨가, 그런 감정을 가지지 않아도 되는 유일한 존재가 되고 싶다. 서로 닮아있는 히라누마와는, 같은 아픔을 나누고 싶다. 외로움에 누구보다 민감한 히라누마와, 작은 기쁨을 두 배로 하고 싶다.

히라누마가 등을 보였다. 사나의 가슴 속은 할 말로 넘치고 있었지만, 그 무엇도 밖으로 꺼낼 수 없었다. 그것들은 하나같이 목에 막혀 의미를 알 수 없는 신음밖에 되지 않았다.

"헤어지자."

히라누마가 말했다.

마음 일부가 무너지듯 아팠다.

"싫어."

사나는 말했다.

"괜찮잖아. 내가 없어도 아직 두 사람이 있고. 다음 사람도 금방 찾을 수 있을 거야."

"오늘은 우리 친구관계인 날이야. 그러니까 이별 얘기 같은 건……."

"그런 거 이제 됐어."

퉁명스럽게 답한 히라누마는 이쪽을 보지 않고 자리에 돌아가 짐을 들었다. 그리곤 사나의 눈앞을 지나 사라져 버렸다.

히라누마에게 차였다. 제대로, 어이없이.

조용한 복도에서 혼자, 무언가에게 지켜지고 있던 마음이 다 벗겨진 것 같은 기분으로, 사나는 우두커니 서 있었다.

9

마음이 알몸이 되어버린 탓인지 모르지만, 사나는 그날 밤, 감기에 걸렸다. 봄에 이어 여름에까지 열이 나는 건 드문 일이었다. 어쩌면 이러다 죽는 게 아닐까 싶었다.

내일은 히라누마의 날이었지만, 당연히 만날 수 있을 리 없다. 온종일 이불에 둘러싸여 있었다. 물만 조금 마시고, 가끔 텔레비전을 봤다. 화장실에 갈 때만 바닥을 걸었다.

샤워도 하지 않았다.

마술처럼 하루가 사라지고, 다시 다음 날이 찾아왔다. 오늘이 누구의 날인지 확인하려고 수첩을 열어보니, 노 데이트 데이, 다시 말해 프리한 날이었다. '프리는, 고독이라는 의미인가.'하고 멍하니 생각한다. 대학에 입학하고 첫 몇 달 동안을 떠올렸다. 사나는 혼자였다. 주변에 사람이 많아 누군가와 어울리고 싶었지만, 누구와 어울리면 좋을지 몰랐다.

오후에 접어들 때, 전화가 울렸다. 의외인 상대가 화면에 표시되어 있어서, 사나는 곧바로 전화를 받았다.

"여보세요."

"나야."

후우의 목소리가 틀림없었다.

"사나, 지금 한가해?"

"엇, 응."

"직접 만나서 할 얘기가 있는데. 5분이면 끝나."

"아, 잠시만. 응……."

머리를 긁적이며, 망설이고 있자 후우가 담담히 "지금," 하고 이어 말했다.

"사나 집 앞이야."

"……뭐어?"

일단 대충 적당한 옷으로 갈아입고, 세수를 한 뒤에 후우를 맞이했다. 현관을 열자, 눈부시게 하얀 돌먼 슬리브를 입은 후우가 서 있었다.

"좋은 아침."

숏 팬츠가 긴 옷단에 거의 감춰져 있어, 마치 아예 입고 있지 않은 것처럼 보인다. 하얗고 긴 맨다리. 페디큐어를 바른 발끝이 보이는 예쁜 샌들.

"좋은 아침……. 너무 눈부셔서 눈이 떠지네."

"오늘은 그렇게 좋은 날씨가 아닌데."

후우는 눈을 비비는 사나의 동작을 착각한 모양이다.

"얼굴 안 좋네. 모처럼 헤어스타일도 바꿨는데 헝클어져 있고."

"감기 걸려서 어제 쭉 침대에 누워있었어."

"진짜?"

"일단 들어올래?"

끄덕이고 후우가 방안으로 들어왔다. 달콤한 냄새가 난다. 이틀간 씻지 않은 자신을 떠올리고 부끄러움이 몰려들었지만 어쩔 수 없다.

"미안, 금방 끝나니까."

사나가 내민 쿠션에 앉고, 후우가 이야기를 꺼낸다.

"나, 남자친구 생겼어."

순간적으로 사나의 머릿속에 카케루가 떠올랐다가, 펑 하고 터졌다.

후우는 턱을 괴고 사나의 얼굴을 바라보고 있었다.

"하마노."

"……엥?"

"그니까, 하마노라고. 나한테 생긴 남자친구가."

"어." 사나는 후우를 찬찬히 살펴봤다. "어떻게 된 거야?"

"엊그제 저녁, 갑자기 불러서 고백받았어. 하마노를 그런 대상으로 본 적은 없었지만, 뭐 좋은 녀석이고. 하룻밤 생각해서 대답했어."

그리고, "이제부터 만나러 가." 하고 명랑하게 말을 맺는다.

"급격한 전개네." 사나가 말했다. "왜, 나한테 보고하러 와준 거야."

후우는 턱을 괴고 있던 손을 치웠다.

"친구니까."

정면으로 그런 소리를 듣고, 사나는 눈을 깜빡인다.

"잘 되면 좋겠네." 하고 어떻게든 대답을 한다.

"고마워. 근데 어떠려나."

"응?"

"얼마나 이어져야 잘 된 건지 모르겠어서."

"쭉, 아니야?"

"사나답네."

후우의 웃는 입가가, 평소보다 섹시하게 보였다.

"나다운 건 뭘까."

"반짝이지 않고, 한 사람만 생각하지 않는 거."

후우의 말이 어딘가 도발적으로 들렸다.

"혹시 내 욕하는 거야?"

"사나다운 거라니까."

"잘 모르겠어."

"나다운 모습은, 자기 자신이 정하는 게 아닐지도 몰라."

후우는 팔을 뻗고, 하품을 했다.

"그럼, 슬슬 갈까."

"잠깐." 사나는 후우를 멈춰 세운다.

"나, 엊그제 히라누마한테 차였어."

후우가 놀란 표정을 짓는다. 후우가 고백받은 날에 이렇게 되다니, 짓궂은 우연이다.

"그래서 뭐가 뭔지 모르게 되니까, 감기에 걸렸지 뭐야."

후우가 다시 턱을 괴었다.

"감기 걸린 거랑 관계있는 거야?"

없다고 생각한다. 그렇지만, 히라누마라는 따뜻함이 하나 사라져버렸으니까, 감기의 원인이 되어도 이상하지 않을지도 모른다.

"아니, 그건 진지하게 생각하지 않아도 된다니까." 생각에 잠기는 사나를 보고 후우가 한숨을 쉬었다. "차였다고 해도, 히라누마라면 왠지 돌아올 것 같지 않아?"

"돌아오지 않을 때는, 돌아오지 않아. 분명 다른 사람을 좋아하게 될 거야."

사나는 자학적인 말을 내뱉고 있었다. 후우의 눈썹이 올라갔다.

남겨지는 게 무섭다. 그때의 어머니처럼 되고 싶지 않다.

아버지는 도쿄에 출장 근무를 하던 도중, 교통사고로 돌아가셨다.

나가기 전날, 아버지는 어머니와 크게 싸웠다. 나중에

알게 된 사실이지만, 원인은 어머니의 불륜이었다. 그때부터 타나베 씨와 관계가 있어, 그걸 눈치챈 아버지가 격노한 것이었다.

출발 날 아침은 두 사람 다 냉정한 모습이었다. 사나를 신경 쓴 건지 웃으며 아침밥을 먹고는 있었지만, 그럼에도 어딘가 공허한 분위기는 감춰지지 않았었다.

아버지는 출발 직전, 꽤 망설이는 표정을 짓고서 사나를 불렀다.

"사나."

눈앞의 아버지의 상냥한 목소리가, 몹시 멀게 느껴진 것을 기억하고 있다.

"엄마는, 아빠를, 더는 좋아하지 않는 걸지도 몰라."

"응?"

"그래도, 엄마도, 물론 아빠도, 사나가 소중해. 알지?"

그렇게 미소지었지만, 사나는 첫 말이 너무 충격적이라 받아들일 수 없었다. 어머니가 아버지를 좋아하지 않게 된다는 건, 그런 일은 있을 리가 없는데.

"엄마는 아빠를 좋아하잖아. 좋아하는 게 당연하잖아."

사나에게 부모님은 언제나 사이가 좋고, 떨어질 수 없는 존재였다. 아버지는 힘없이 고개를 기울였다.

"아빠 외에 좋아하는 사람이 생긴 거야. 그건 어쩔 수 없는 일이야. 엄마는 진지하게, 그 사람을……."

지식이 부족했던 사나는 영문을 알 수 없어서 필사적으로 고개를 저었다.

"만약, 엄마한테 좋아하는 사람이 생겨도, 아빠도 좋아할 거야. 무조건."

아버지는 입을 다물었다. 이야기한 것을 후회한 걸지도 모른다. 사나의 머리를 쓰다듬고 "미안해." 하고 말했다. 그게 마지막으로 들은 말이었다. 외로운 듯한 목소리, 외로워 보이는 뒷모습. 평생 잊을 수 없는.

출장을 나간 도쿄에서, 아버지는 드물게 만취할 정도로 술을 마시고 호텔로 돌아가다가, 한눈을 팔고 운전하던 자동차에 치였다.

소식을 듣고 나서, 아연실색한 어머니는 한동안 아무것도 손을 댈 수 없는 상태였다. 하지만 결국 슬픔이라든지, 죄악감이라든지, 여러가지를, 시간과 함께 넘어섰다. 그리고 지금은 타나베 씨와 지내고 있다. 아버지 얘기는 거의 꺼내지 않는다.

"후우. 나, 히라누마도, 카케루도, 사쿠라도, 진심으로 좋아해. 그렇지만, 후우가 보기엔 어때? 그렇게 보여?"

후우가 순간 날카로운 눈을 한 것 같았다. 하지만 잘못 본 것이리라. 곧장 부드러운 미소가 나타났기에.

"사나는 남을 진심으로 좋아한다기보다, 자신이 진심으로 사랑받고 싶어서 노력하는 것처럼 보여."

"그건……."

무척 외로울 것 같다. 그래도, 그렇구나. 그게 나구나.

"어라? 왜 그래."

후우의 당황하는 목소리에, 사나는 자신이 울고 있다는 것을 깨달았다. 눈물샘이 망가진 것처럼, 영문도 모른 채 눈물이 흐르고 있었다.

"이상하네." 사나는 중얼거렸다. "어떡하지 이거."

후우가 티슈에 손을 뻗었다. 하지만 사나는 후우의 어깨에 얼굴을 가까이 대고 있었다. 후우는 순간 움찔거렸지만, 곧 사나의 머리를 쓰다듬고, 감싸 안았다.

"미안, 후우."

"괜찮아. 친구니까."

좋은 향기에 둘러싸인 채, 사나는 울었다. 숨이 멎을 듯이, 울었다.

10

사나가 울음을 그치자, 후우는 하마노를 만나러 갔다. "카케루와는 아무 일도 없었어?"라는 질문은 끝내 하지 못했다.

뭐, 상관없나. 우리들의 대학 생활은 앞으로도 이어진다. 대학 생활이 끝나도, 어디선가 서로가 작용하는 일상이 이어진다. 답을 맞출 기회는 언젠가 찾아올지도 모른다. 시간이 지남에 따라 어이없이 답이 바뀌는 일도 있다. 지금은 지금대로의 대답으로, 견뎌내면 될지도 모른다

사나는 샤워를 하고, 화장을 하고, 카케루에게 '만나고 싶어.'라고 메시지를 보냈다. 선크림을 가볍게 바르고, 머리를 정리하고, 목걸이를 걸고 집을 나섰다.

매미 소리가 나날이 커지고 있다. 목적지를 정하지 않고 산책했다. 휴대폰으로 음악을 들었다. 레몬 스컬의 신곡. '여름의 시작'. 가사를 무척 좋아했다. 듣고 있으면 등을 밀어주는 듯한 기분이 든다. 처음으로 카케루에게 말을 걸려고 했을 때, 용기를 준 것도 레몬 스컬이었다.

사이쿄선의 선로에 걸친 다리 위에 선다. 펜스 너머로, 지나다니는 전철을 내려다봤다. 쨍쨍 내리쬐는 햇볕에 땀

이 흘러나온다. 막 샤워한 참인데.

카케루와 만나서 이야기하고 싶은 것을 사나는 생각했다. 말을 고르고 정리하려 했지만 잘 되지 않는다. 평소 말을 깊게 생각해서 하지 않는 편이다 보니 좀체 익숙하지 않다.

심플하게.

크게 숨을 마셨다. 카케루의 질문은 변함없이 하나뿐이다.

……나만을 고를 생각은 없어?

그러니까 솔직히 사나는 대답하면 된다.

리허설을 할 생각으로, 목에 힘을 주어본다.

"못 골라."

생일날 카케루에게 받은 목걸이를 푼다. 하나도 취향이 아니었지만, 카케루가 골라줬으니까, 평생 소중히 하자고 진심으로 생각하고 있었다.

하늘을 올려다봤다. 히라누마는 멀어졌고, 카케루는, 곧 멀리하게 된다.

두 사람이 사라진 일상을 생각했다. 초조해서, 슬퍼서, 가슴이 욱신거렸다. 그리고, 단 한 사람, '나만을 선택해 줘.'라고 말하지 않은, 사쿠라 씨의 얼굴을 떠올린다.

앞으로 삼인분의 애정을, 사쿠라 씨에게만 쏟게 되는구나. 그런 생각을 하고 있을 때, 저 멀리서 카케루의 얼굴이 보였다.

에필로그

어제의 너

"테레비 도쿄가 아니었다는 소리?"

하마노가 말했다.

냉방이 틀어진 가게 안에서, 타이키는 별 반응 없이 내용물이 없는 콜라를 빨대로 빨아들이고, 얼음을 휘적거렸다.

고개를 끄덕였다간, 자칫 '너무 제멋대로 아니야.'라는 말을 들을 것 같아서.

"너무 제멋대로 아니야."

끄덕이지 않았는데 들었다. 하마노는 화난 것 같지 않았고, 그저 시원한 표정으로 감자튀김을 집어 먹고 있다.

"알고 있어."

타이키는 감자튀김에 손을 뻗었다.

카시이에게 이별을 선언하고 2주일째가 된다. 작은 라

이브 하우스에서 열린, 공연에서 돌아가는 길이었다. 처음 들은 타케오 선배의 보컬이 소문대로 깔끔한 노랫소리여서, 타이키는 꽤 놀랐다.

"마지막 라이브야."

기타를 맡았던 하마노가 말했다. 그 말대로, 같은 멤버로 밴드 공연을 하는 건 이번이 마지막이었다.

"타케오 선배 기분 좋게 불렀을까."

패스트푸드 점에 들어오고 바로, 하마노가 멍하니 중얼거렸다.

그렇지만 이내 여운이 풀린 건지, "그나저나 그 얘기 자세하게 못 들었는데." 하고 카시이와 헤어진 이유를 물어왔다.

"내 멋대로인 바램을 안고 카시이와 사귀는 건, 좀 아닌 것 같아서……."

타이키가 답하자, 그 말은, 하고 서두의 말을 하마노가 꺼낸 것이다.

하마노는 양손을 뒤통수에 깍지 꼈다.

"아깝네. 완벽하게 서로가 이상형인 커플이 훨씬 적을 텐데."

그런 게 아니다. 카시이는, 사람을 진심으로 좋아하는

걸 할 수 없는 사람이다.

언젠가, 카시이로부터 "지금 이대로 이어지는 걸 바라는 건 나쁜인가." 하고 질문을 받았을 때, 타이키는 "나도 지금 이대로가 좋아."라고 대답하려고 했다.

그리고, 자신과 카시이의 결정적인 차이를 깨달았다. 닮아있다고 생각했다. 사실은 닮았으면 했던 걸지도 모른다.

카시이는 모두를 좋아한다. 타이키는 세어를 받아들인 날, 그렇게 이해했다. 자신처럼, 혼자가 되는 것을 두려워하고 있다고. 하지만 사귀어 오면서 조금씩 알 수 있었다. 자신과는 분명 다르다는 것을.

그녀는 그저 고독한 누군가에게 특별한 존재가 되고 싶은 것이다. 굳이 '우리'여야만 할 필요가 없다. 다른 사람이 자신을 필요로 하는 상황을 위해서, 연애를 하는 것이다.

그 사실을 실감한 뒤로 타이키의 안에 자라난 건, 사귀는 것에 대한 공허함이었다. 그리고 공허함의 덩어리는, 2주 전의 일로 파열해버린 것이다.

타이키가 얼마나 공감을 하고, 생각을 하고, 애정을 쏟는다 한들, 카시이의 애정은 좋아하는 상대에게 똑같이 나누어진다. 타이키만이 애정을 받는 일은 없다. 카시이는 타이키를 잃는 것을, 분명 두려워하지 않는다.

“카시이는 말이야.” 감자튀김을 집은 채 하마노가 말했다. “햄버거도, 오므라이스도, 초밥도, 모두 먹고 싶은 거겠지. 하나를 잔뜩 먹으면 다른 걸 먹을 수 없게 되니까, 조금씩.”

“역시 셰어 연애는 이상해.”

결국, 봄에 고민한 것과 같은 결론으로 돌아왔다. 꽃구경 날 밤에 왜 진작 이 답이 나오지 않은 건지, 지금 생각하면 신기하다.

하지만, 카시이와 헤어진 날 밤, 정말 제멋대로지만, 타이키는 울었다. 이 일은 하마노에게도, 그 누구에게도 밝힐 수 없다.

“그것보다 하마노는 여자친구랑 어때.”

타이키가 헤어짐과 거의 동시에 후우가 하마노랑 이어졌다는 사실에는 놀랐다.

“좋은 느낌이야. 나, 후우카를 오랫동안 좋아했으니까 행복해.”

부끄러운 모습 없이 말하는 하마노에게, 타이키가 대신 부끄러워진다. 후우카라고 이름으로 부르고 있는 하마노도 처음이다. 아니, 그러고 보니 하마노는, 애초에 다른 사람들처럼 '후우'라고 부르지도 않았다. 쭉 '츠루타니'가 아니었을까.

"솔직히 말하자면, 누마가 카시이를 좋아한 기간보다 길어."

"아무한테도 얘기하지 않은 게 너답다고나 할까."

자신의 일은 제치고 말하자, 그 이상한 형태의 손목시계를 만지작거리며 하마노가 고개를 젓는다.

"아니, 상담할 사람은 있었어. 부모 마음으로 응원해줬다고."

"누구?"

"아는 사람. 지금은 나고야에 있는."

무슨 아는 사람인지 조금 신경 쓰였지만, 깊게 파고들진 않고, "하필 그날 고백했구나." 하고 물었다.

"이유는." 하마노가 '큭'하고 웃었다. "카시이가 헤어스타일을 바꿔서일까."

"뭔 소린지 모르겠어." 타이키는 말했다. "그래도 오야마다한테 뺏기지 않아서 다행이네."

후우는 오야마다를 좋아했던 모양이다. 하마노에게서 들은 이야기였지만, 실은 타이키도 어렴풋이 눈치채고 있었던 일이다.

"운이 좋았지." 하고 하마노가 쓴웃음을 지으며 끄덕인다.

"계산 외였으니까. 단지, 카시이한테 차인 충격은 적지 않겠지, 카케루."

타이키가 카시이와 헤어진 다음 날, 이번엔 카시이가 오야마다를 찬 것이다. 오야마다는 깔끔하게 받아들였다고 한다. 타이밍을 생각하면 타이키의 행동이 계기가 된 거겠지. 그렇게 생각하자, 타이키는 다소 복잡한 기분이 들었다.

한 달 전, 사쿠라에게 오야마다와 후우의 일로 상담을 한 것을 떠올린다.

봄에 타이키가 셰어 연애에 대해 설명받았던, 학교 근처의 카페였다.

"그 말은 즉, 오야마다 카케루와 츠루타니 후우카가 명백하게 서로를 피하고 있다. 그런데 사람 눈을 피해 몰래 이야기를 나누고 있다. 맞지?"

타이키의 이야기를 들은 사쿠라는 커피를 들고 음미했다.

"그뿐만이 아니라, 오야마다는 카시이의 데이트를 계속해서 취소하고 있어요."

"흠." 커피를 바라보며 말했다. "만약 두 사람 사이에 무슨 일이 있다고 하면, 넌 어떻게 할 거야."

"사쿠라 씨의 여성 관계는 그렇다 치고, 그 두 사람이라면, 카시이에게 비밀이 용서되지 않을 거라고 생각해요. 셰어를 그만두게 하고 싶어요."

"참 성실하네. 만약 그 두 사람 사이가 이어져 있다고 해도, 어떻게 할지 정하는 건 사나야."

사쿠라의 여유 있는 얼굴을 보고, 타이키는 숨을 내쉬었다. 사쿠라가 고개를 들었기에, 말을 고르며 타이키는 입을 열었다.

"전, 저한테 자신이 없어요. 고등학생 때 친구가 없었거든요. 교실에는 많은 사람이 있는데, 아무도 저와 친하게 지내려 하지 않았어요. 내가 바뀌어야 한다고 생각해도 어떻게 해야 할지 몰랐죠. 그때 제가 할 수 있었던 거라곤, 누군가가 손을 뻗어주는 걸 기다리는 것뿐이었어요. 그러니까, 소중한 사람을 상처입히는 게 무섭고, 소중한 사람이 상처 입으면 화내고 싶은 거예요."

안경 너머에 있는 사쿠라의 눈이 깜빡였다.

말을 마친 타이키는 자신의 커피로 입을 적셨다.

그때였다. 머리 위에서 "항상 그렇게 오글거리는 소리

나 하지." 하고, 말이 떨어졌다.

깜짝 놀라 올려다보자, 뒤에 오야마다가 서 있었다.

"우와." 하고 자신도 모르게 목소리를 내고, 방어 자세를 취했다.

"뭐야. 난 곰이 아니라고."

독기 가득한 오야마다 카케루는 망고주스를 손에 들고 한숨을 쉬었다.

"둘이서 상담이라도 하는 거야?"

"넌 왜 여기 있는 거야."

"그야, 여기 음료 할인권 유효기간이 오늘까지니까."

하찮다는 듯이 답한 오야마다는 "엿듣진 않았다고." 하고 말한 뒤, 지나가려고 한다.

"잠깐."

타이키는 오야마다를 불러 세웠다. '지금 여기서 묻지 않으면.'하고 생각했기 때문이다. 하지만, 막상 본인을 눈앞에 두니 무척 물어보기 힘들었다.

"뭔데."

"아니……."

"오야마다, 츠루타니 후우카랑 잤어?"

사쿠라의 태평한 목소리가 울렸다. 타이키는 자신의 얼

굴이 굳어지는 게 느껴졌지만, 오야마다의 표정은 그다지 변함없는 듯했다. 사쿠라를 보고 "그럴 리 없잖아." 하고 대답한다. 그리고는, "그렇지만." 하고 말하고, 타이키에게 시선을 향했다.

"나한테, 사나의 남자친구로서 있을 자격은 없어. 네가 한 말이 맞는지도 몰라."

"무슨 일이야? 너답지 않게 약한 말이나 하고."

"난 언제나 약하고 소극적이고, 끙끙대고 있다고."

"……무슨 취지의 농담이야?"

"시끄러워, 대학 데뷔 괴수."

"누, 누가 괴수야. 이…… 꼴초가."

"그거 욕 아니야!"

사쿠라가 웃고, 오야마다가 "후우" 하고 목소리를 떨군다.

"뭐, 애초에 자격이랄 게 어디 있겠느냐마는. 에듀윌도 아니고."

"아무리 그래도 공인중개사 자격 같은 건 아닐걸."

"나도 알아!" 카케루는 한 번 말을 끊고, 타이키를 바라봤다. "자격이라든지 확신이라든지, 너무 신경 쓴다고 너는. 겨우 연애 따위에."

가벼운 어조로 말하면서, 오야마다는 흡연석으로 걸어간다.

사쿠라에게 눈을 향했다. 사쿠라는 변함없는 말투로 말했다.

"전에, 오야마다에게 들었어. 우리들의 관계가 언제까지 이어질지 생각한 적 있냐고. 나는 내가 가장 먼저 차이고 끝날 거라고 대답했지. 어디까지나, 나만 사회인 신분이니까. 그렇지만 솔직히, 헤어지고 싶진 않지."

확실히, 만약 셰어가 끝나면, 이 사람과 연락을 취할 일은 두 번 다시 없을지도 모른다. 오야마다와도 자주 만나지 않게 되겠지.

"뿔뿔이 흩어지면, 뭔가 쓸쓸하네요."

타이키는 그렇게 입에 담고 있었다. 사쿠라가 살짝 웃고 말했다.

"그때는, 다 같이 쓸쓸해지자고."

마지막으로 남은 감자튀김을 하마노에게 양보하고, 타이키는 손을 닦았다. 결국, 카시이의 남자친구로 남은 건 그런 말을 하던 사쿠라였다.

우스운 이야기이다. 보편적으로 생각하면, 1년 반 이상

사귄 오야마다가 선택받을 것 같은데.

"다음에 카케루하고 술 마시자." 하마노가 말했다. "여러모로 속 얘기를 나누는 게 좋아."

"그렇네." 생각해보니 아직, 오야마다와 제대로 이야기를 나눠 본 적이 없다. "……어라."

"응?"

위화감을 느낀 타이키가 하마노의 얼굴을 쳐다봤다. 아까 하마노가 했던 말의 부자연스러움을 뒤늦게 깨달은 것이다.

……말하지만, 누마가 카시이를 좋아한 기간보다 길어.

"내가 언제부터 카시이를 좋아했는지 이야기했던가?"

하마노는 허를 찔린 듯한 표정을 짓고 나서, 웃었다.

"안 했었나."

"안 했어. 혹시 들켰었어?"

하마노는 "아, 사실." 하고 면목 없다는 표정을 지었다.

"그야 고등학교 때부터 알던 사이인걸. 무엇보다 누마는 자기가 생각하는 것보다 알기 쉬우니까."

자기변호를 하듯이 말하는 하마노에게 멍하니 끄덕이면서, 여러 일이, 타이키의 머릿속에서 퍼즐처럼 맞춰져 간다.

타이키의 짝사랑은 하마노에게 들켰었다. 언제부터? 꽃

구경보다 전인가. 그럼, 꽃구경 얘기로 하마노가 타이키를 부른 건 우연이 아니라, 카시이와의 진전을 생각해준 건가?

그렇지만, 하마노는 오야마다와 카시이가 사귀고 있었다는 것을 알고 있지 않은가. 셰어에 대해서는 모르고 있었지만.

……정말로? 사쿠라의 존재를 알지 못했다는 건, 하마노가 그렇게 말했을 뿐이다. 카시이나 카케루의 근처에 있으면 셰어 연애를 눈치챌 기회가 있지 않았을까.

츠루타니의 마음에 관해선 어떨까. 하마노라면, '좋아하는 사람이 좋아하는 사람' 정도는 손쉽게 꿰뚫어 보고 있지 않았을까.

어쩌면. 셰어 연애에 타이키를 더하는 것으로, 오야마다의 카시이에 대한 독점욕을 강하게 하고 싶었던 건 아닐까. 그 결과, 츠루타니가 오야마다를 포기하는 것을 노리고. 맞아, 하마노는 방금 오야마다가 차인 것을 '예상 외'가 아니라 '계산 외'라고 말했다.

심호흡을 하고 머리를 회전시켰다.

우리가 카시이와의 셰어 연애로 갈등하고 있는 바로 옆에서, 몰래 일편단심을 쭉 이어온 남자. 천천히 하마노를 바라본다.

"……누마?"

고개를 기울여온다.

"역시 일편단심은 강하다는 건가."

갑자기 무슨 소리 하는 거냐며, 하마노가 웃는다.

"너도 일편단심이었잖아."

"내가?"

"누마가 교실에서 카시이를 바라보는 눈은, 일편단심 그 자체였다니까."

하마노의 그 말을 듣고 떠오른 건, 올해 봄 어느 날의 장면. 의욕 없는 교수의 수요일 수업. 바라보는 것밖에 할 수 없었던 카시이의 옆모습. 같은 교실인데 먼 거리. 그 거리를 없애는 것의 기쁨도 쓸쓸함도 아직 몰랐던, 그날의 일이다.

어제의 너는, 나만의 너였다

초판 1쇄 | 2022년 07월 01일

지은이 후지이시 나미야 | **옮긴이** 이나라
펴낸이 서인석 | **펴낸곳** 제우미디어 | **출판등록** 제 3-429호
등록일자 1992년 8월 17일 | **주소** 서울시 마포구 독막로 76-1 한주빌딩 5층
전화 02-3142-6845 | **팩스** 02-3142-0075 | **홈페이지** www.jeumedia.com

ISBN 979-11-6718-115-2
*파본은 구입하신 서점에서 교환해 드립니다.

제우미디어 트위터 twitter.com/jeumedia
제우미디어 페이스북 facebook.com/jeumedia

만든 사람들
출판사업부 총괄 손대현 | **편집장** 신한길
책임편집 지승재 | **기획** 신은주, 민유경
영업 김금남 | **제작** 김용훈
디자인 총괄 디자인그룹 헌드레드